Margit Auer

Die Schule der magischen Tiere

Wilder, wilder Wald!

Mit Bildern von

Nina Dulleck

Die Schule der magischen Tiere

Band 1 Die Schule der magischen Tiere
Band 2 Voller Löcher!
Band 3 Licht aus!
Band 4 Abgefahren!
Band 5 Top oder Flop!
Band 6 Nass und nasser!
Band 7 Wo ist Mr. M?
Band 8 Voll verknallt!
Band 9 Versteinert!
Band 10 Hin und weg!
Band 11 Wilder, wilder Wald!
Band 12 Voll das Chaos!
Band 13 Bravo, bravissimo!
Sonderband: Eingeschneit!

Die Schule der magischen Tiere – Endlich Ferien

Band 1 Rabbat und Ida
Band 2 Silas und Rick
Band 3 Henry und Leander
Band 4 Helene und Karajan
Band 5 Benni und Henrietta
Band 6 Hatice und Mette-Maja
Band 7 Max und Muriel
Band 8 Franka und Cooper

Weitere Abenteuer sind in Vorbereitung!

Margit Auer

Mit Bildern von

Nina Dulleck

CARLSEN

Auf ins Abenteuer!

Die Wintersteinschule

Eine ganz normale Schule. Ganz normal? Fast. Gäbe es da nicht ein Geheimnis …

Miss Cornfield

Lehrerin an der Wintersteinschule. Manchmal ein bisschen streng, aber sie meint es gut mit ihren Schülern. Und sie weiß ganz genau, wer von ihnen Hilfe braucht …

Mister Mortimer Morrison

Inhaber der magischen Zoohandlung. Dort gibt es magische sprechende Tiere. Er selbst hat auch eins: die freche Elster **Pinkie**.

Mr. Morrisons Omnibus

Damit fährt er um die ganze Welt und sammelt magische Tiere ein.

Ashanti, die Schwarze Mamba, und Leonardo, das Streifenhörnchen

Zwei der vielen, vielen sprechenden Tiere in der magischen Zoohandlung. Sie alle wünschen sich nichts mehr, als den Menschen zu finden, der perfekt zu ihnen passt …

Glückspilze!

Ida und Benni waren die Ersten, die magische Tiere bekommen haben:

Ida und der Fuchs Rabbat

Schwer zu sagen, wer von den beiden schlauer ist. Ida würde wohl sagen, sie selbst, denn Ida weiß immer alles besser …

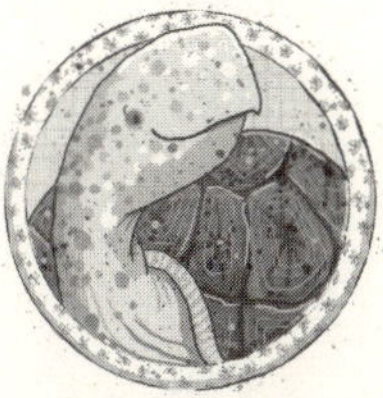

Benni und die Schildkröte Henrietta

Die unternehmungslustige Henrietta liebt nächtliche Abenteuer. Und Benni? Der ist dabei!

Und das war erst der Anfang. Mittlerweile tummelt sich ein kleiner Zoo im Klassenzimmer von Miss Cornfield ...

Auch diese Kinder haben beste Freunde auf immer und ewig gefunden:

Jo und der Pinguin Juri

Jo finden alle Mädchen ziemlich süß. Wenn Jo morgens im Bad ist, kann das eine Weile dauern. Noch länger braucht nur Juri, wenn er im Schulteich badet …

Schoki und Pinselohrschwein Peperoni

sind ein Herz und eine Seele. Vor allem, wenn es um Schokolade geht …

Anna-Lena und Chamäleon Caspar

Mit Caspar an ihrer Seite wird die schüchterne Anna-Lena zur Verwandlungskünstlerin …

Eddie und die Fledermaus Eugenia

Die magische Fledermaus mit dem charmanten Sprachfehler kümmert sich gut um den Tollpatsch Eddie. Jetzt stolpert er nur noch ganz selten über seine eigenen Füße …

Helene und der Kater Karajan

Die Klassenzicke und der adelige Kater aus Paris – da fliegen die Fetzen! Und wenn sie lange genug die Krallen gezeigt haben, schnurren sie wieder friedlich wie zwei kleine Kätzchen …

Silas und das Krokodil Rick

Silas reißt seine Klappe oft viel zu weit auf. Genau wie Rick. Zwei Freunde mit Biss!

Finja und das Koalamädchen Sydney

Seit die zarte Finja einen Koala zum Kuscheln hat, fühlt sie sich nicht mehr einsam. Und duftet herrlich nach Hustenbonbons …

Yannik und der Schimpanse Tingo

Yannik fällt es schwer, im Unterricht auf dem Stuhl sitzen zu bleiben. Aber mit Tingo an seiner Seite kriegt er es schon irgendwie hin – Superkleber!

Franka und die Ratte Cooper

Franka ist sooo cool! Zu cool für Schule, zu cool für Freunde, zu cool für Spaß – nur für eine nicht: die übercoole Ratte Cooper!

Max und die Eule Muriel

Max wird auch „der Professor" genannt, denn der Klassenprimus weiß einfach alles. Fast alles. Den Rest weiß Muriel.

Hatice und die Robbe Mette-Maja

Mit Hilfe der putzigen Mette-Maja wird die wasserscheue Hatice noch zur echten Wasserratte, äh – Wasserrobbe!

Henry und der Leopard Leander

Henry lebt in einer riesigen Villa mit riesigem Pool und riesig viel Taschengeld – doch sein magischer Leopard ist unbezahlbar!

Ronja und der Streunerhund Toffi

Am liebsten würden die beiden den ganzen Tag nur herumstreunen – und sich am Abend zu Hause zusammenkuscheln …

Lothar und das Känguru William

Lothar ist der Kleinste in der Klasse – aber mit dem sportlichen William macht er die allergrößten Sprünge!

Zack und das Stachelschwein Zeki

Zack kann ganz schön kratzbürstig sein – aber genau wie sein kleines Stachelschwein hat er ein butterweiches Herz …

Luna und der Falke Salim

Liebe auf den ersten Blick: Mit dem stolzen Falken Salim schwebt die romantische Luna immer auf Wolke sieben! Leider musste sie die Wintersteinschule verlassen, weil sie mit ihrer Familie umgezogen ist.

Katinka und der Flamingo Polly

In jedem Kind steckt ein Held – seit Katinka die aufgeweckte Flamingodame Polly hat, weiß sie das ganz genau!

Anthony und das Meerschweinchen Madonna

Es gibt nur eins, was Anthony mehr liebt als Fußball: das clevere Meerschweinchen Madonna …

Viele Tiere, viele Kinder ...

Wer wird wohl der Nächste sein?

Inhaltsverzeichnis

Anruf aus dem tropischen Regenwald, Borneo, Südostasien
Anrufer: Mortimer Morrison
Angerufene: Mary Cornfield

Hallo Mary!
Wie geht's? Es ist schön hier in Borneo. Schade, dass du nicht dabei bist. Schick diesem Heribert eine Krankmeldung und nimm das nächste Flugzeug nach Kuala Lumpur. Auf der Insel gibt es Orang-Utans, Rhinozerosvögel, Schweine und freche kleine Affen. – Oh, du fährst mit den Kindern weg? Mit dem Fahrrad? – Das hört sich toll an! – Na klar kannst du mein Klapprad haben. Hol es dir aus dem Schuppen, du hast ja den Schlüssel für die magische Zoohandlung.
Pinkie! Nein, mach das nicht! Das ist viel zu gefäääää…!

Sie rumpelten durch den grünen Regenwald. „Das war schon sehr gewagt, sich mit fünf Affen anzulegen.“ Mortimers Po hüpfte auf dem Fahrersitz auf und ab. „Fünf!“

Pinkie flatterte durch den Innenraum des Busses. „Die haben unsere Brote geklaut!“, meckerte sie. „Das gute, leckere Fischsandwich. Durch das offene Fenster! Das geht nicht, also echt!“ Auf dem Kopf der Elster saß ein schiefer Turban. Mit einem karierten Stofftaschentuch hatte Mortimer eine kleine Wunde seines magischen Tieres verbunden. Sie sah aus wie eine Weise aus dem Morgenland. „Sie haben mich gekratzt und gehauen! Unfair!“ Empört plusterte sie sich auf. Der Turban schwankte gefährlich.

„Dein spitzer Schnabel war auch nicht ohne!“, warf der Inhaber der magischen Zoohandlung ein. „Trotzdem: Diesen Kampf konntest du nicht gewinnen! Fünf gegen einen, wie soll das gehen?“

Wie auf ein geheimes Zeichen drehten sich Mortimer und Pinkie nach hinten um, wo ein kleiner Koboldmaki vor sich hin döste. Ihr neuer Wegbegleiter war einfach in den Bus gehüpft, als die Schlacht um die Brote in vollem Gange war. Der kleinste der Halbaffen hatte es sich auf der Rückbank gemütlich gemacht – mit dem Fischsandwich in den Händen!

Mortimer und Pinkie war noch nicht klar, ob es sich bei dem Maki um ein magisches Tier handelte. Der freche Kerl hatte sie angesehen, als ob er sie verstehen würde – aber keinen Pieps gesagt.

„Abwarten“, krächzte die Elster. „Wir kriegen den Kobold schon noch zum Reden.“

Seit über zwei Wochen waren Mortimer und Pinkie auf der Insel Borneo unterwegs. Sie waren Strände entlanggelaufen, auf Berge geklettert und hatten eine Bootstour gemacht. Mortimer hatte in heißen Quellen gebadet und nebenbei wie immer Ausschau nach magischen Tieren gehalten. Es gab Vögel, Nashörner, Bären und sogar Zwergelefanten hier im Dschungel. Trotzdem war der Bus noch erstaunlich leer. Bisher hatten sie nur einen Flugfrosch und einen Nashornvogel aufgegabelt.

Pinkie flog nach hinten, der neue Mitfahrer drehte gelangweilt den Kopf zur Seite. Die Ohren ragten wie weiche Hörnchen aus dem Fell. Der Maki wirkte müde – war der Kleine vielleicht froh, nicht mehr in der Nähe der nervigen Affenbande leben zu müssen? Wollte er lieber bei Menschen wohnen?

„Mein Kopf tut so weh!“ Pinkie landete wieder auf Mortimers Schoß. „Und Hunger hab ich auch! Das gute Sandwich!“

Weil Pinkie so verzweifelt guckte, nahm Mortimer eine

Hand vom Steuer und streichelte seine Gefährtin.

„Arme, arme Pinkie! Wie gut, dass ich gleich zur Stelle war. Was Mary wohl von uns denkt, wenn wir so verschrammt nach Hause kommen? Hoffentlich verheilt die Wunde schnell." Mortimer holte ein paar Scheiben Knäckebrot aus dem Handschuhfach und reichte sie seiner Elster weiter.

Auch Mortimer hatte ein paar Kratzer abgekriegt, aber das behielt er für sich.

Die Elster hackte mit dem Schnabel das Knäckebrot klein. „Da fehlt eindeutig Geschmack!"

Mortimer lachte. „Du hast recht! Komm, wir bringen dich auf andere Gedanken! Lust auf eine Abkürzung?"

Als Pinkie nickte, drehte der Inhaber der magischen Zoohandlung das Steuer nach links.

Sofort hüpfte Mortimers Po wieder hoch in die Luft und sogar der Maki musste sich mit seinen langen Fingern im Sitz festkrallen. Das war keine Straße mehr, das war nur noch eine Schneise in den Wald. In den wilden, wilden Wald …

1. Kapitel

Dicke Luft in der Heymannstraße

An diesem Donnerstagnachmittag hopste Elisa nach Hause. Sie war im Friseursalon Elfriede gewesen. Idas Mutter hatte ihr einen neuen Haarschnitt verpasst – und grüne Strähnen. Immer wieder musste Elisa auf dem Weg in eins der Schaufenster gucken, um ihre neue Frisur zu bewundern.

Mit Schwung öffnete Elisa die Küchentür. Frau Bergeramo saß am Tisch und trank Kaffee. Sie blickte die Tochter entgeistert an.

„Was ist denn das?"
Elisa blieb verdattert stehen.
„Gefällt es dir nicht?", stotterte sie. „Ich wollte nur …"
„Darum geht es nicht, Elisa!" Die Mutter stand mit einem Ruck auf. „Das weißt du doch! Extraausgaben können wir uns nicht leisten!"
Mit energischen Schritten stapfte sie in der Küche auf und ab. „Wir sind echt knapp bei Kasse. Es war schwer genug für mich, das Geld für dein Wildnis-Camp zusammenzukratzen!"
Elisa fuhr sich durch die Haare. Normalerweise drehte sie ihre dunklen Locken zu einem Dutt nach oben oder klemmte sie mit Haarklammern fest. Heute nicht. Die Haare waren neu durchgestuft und frisch geföhnt. Bis vor einer Minute hatte sich Elisa wie eine Prinzessin gefühlt.
„Das hat doch gar nichts gekostet!", verteidigte sie sich. „Das war Idas Mama. Frau Kronenberg wollte etwas Neues ausprobieren und ich war ihr Modell."
„Oh, wenn das so ist …" Frau Bergeramo hielt inne. Sie stützte sich auf dem Fensterbrett ab und starrte nach draußen. „Tut mir leid, Liebes. Es ist nur …" Sie

schüttelte kurz den Kopf. „Gestern Abend waren noch 50 Euro in meinem Geldbeutel. Jetzt ist nur noch das Münzgeld da. Ich weiß nicht, was los ist."

Sie setzte sich an den Küchentisch. „Sieht hübsch aus, deine neue Frisur." Frau Bergeramo lächelte müde. „Hast du viele Hausaufgaben auf?"

„Geht", sagte Elisa knapp. Sie klemmte sich ihre Hefte unter den Arm und trabte aus der Küche. Im Flur warf sie einen Blick in den Spiegel. „Doofe Haare, doofe Idee", murmelte sie und steckte sich die Haare mit zwei Spangen hoch.

Sie setzte sich an ihren Schreibtisch und schlug das Sachkundeheft auf. Morgen stand eine Probe an. Miss Cornfield, die Lehrerin, hatte ihnen Tests zum Üben aufgegeben.

Elisa blinzelte. Sie konnte nicht lernen, wenn sie traurig war.

Mama hatte sie sofort beschuldigt!

Elisa wischte sich über die Augen. Hatte sie tatsächlich gedacht, sie würde das knappe Geld der Familie zum Fenster heraus werfen? Das würde sie niemals tun!

Sie lebten zu dritt in der Heymannstraße 12: Elisa, ihr großer Bruder Marvin und ihre Mutter Paola Bergeramo. Der Vater war vor vielen Jahren ausgezogen, Elisa sah ihn selten.
Nach der Trennung der Eltern waren die drei eine verschworene Gemeinschaft geworden. Eine Gemeinschaft, die zusammenhielt.
Paola Bergeramo arbeitete als Krankenschwester und musste oft nachts raus. Dann passte Marvin auf Elisa auf. Er war sechs Jahre älter. Wenn Elisa Angst vor der Dunkelheit oder komischen Geräuschen hatte, lenkte er sie mit Quatschgeschichten ab. Wenn sie Bauchweh hatte, kochte er Früchtetee. Manchmal gingen sie morgens zusammen aus dem Haus. Zumindest war das früher so gewesen. Marvins Schule lag ein paar Straßen hinter der Wintersteinschule.
Aber in den letzten Wochen hatte sich vieles verändert. Sie mussten mehr Miete zahlen und Elisas Mutter arbeitete hart, um das Geld zusammenzukriegen. Sie übernahm im Krankenhaus die Nachtschichten, weil sie besser bezahlt wurden. Tagsüber war sie dann total kaputt.

Marvin war kaum noch zu Hause. Lag es an der Clique, mit der sich Elisas Bruder seit einiger Zeit traf? Ständig hing er mit seinen neuen Freunden ab.
Sie lungerten vor der Wintersteinschule, an der Bushaltestelle und im Park herum und riefen den Spaziergängern blöde Sprüche hinterher. Willi Wondraschek, den Hausmeister der Wintersteinschule, nannten sie „Besenfuzzi". Frau Bergmann, der Sportlehrerin, verpassten sie den Spitznamen „Polkatussi". Das fand Elisa gemein.
Sie ging gern zur Schule und mochte alle Mitschüler und Lehrer. Am liebsten mochte sie ihre Klassenlehrerin Miss Cornfield.
Sie stammte aus Schottland und war die netteste und klügste Lehrerin, die man sich vorstellen konnte.
Ding-dong! Die Türglocke schellte.
Über Elisas Gesicht huschte ein Lächeln, denn ihr fiel ein, wer draußen im Treppenhaus stand: Olli, der Neue aus der Klasse. Eigentlich hieß er Oliver – die Klasse nannte ihn mal so, mal so.
Oliver war nett zu allen Mitschülern und unheimlich neugierig. Kein Wunder!

Schließlich ging er noch nicht lange in „Die Schule der magischen Tiere“. Jeden Mitschüler bombardierte er mit Fragen: Wie laut muss man den Schwur sprechen? Was passiert, wenn man bei der Übergabe krank ist? Wieso versteckt sich die Fledermaus dauernd in Eddies Pulloverärmel?
Wenn Elisa Oliver zuhörte, wurde ihr wieder einmal klar, wie viel Glück sie hatte: Sie besuchte eine Schulklasse, die einmalig war. Denn nur bei ihnen gab es sprechende Tiere: einen Flamingo, ein Stachelschwein, ein Känguru und viele, viele mehr. 19 Tiere tummelten sich in Miss Cornfields Klassenzimmer und irgendwann würde Mr. Morrison wieder an die Tür klopfen und ein neues Tier überreichen. Mr. Morrison, der Inhaber der magischen Zoohandlung.
Wer kam wohl als Nächstes dran?
Elisa stand auf. Als sie öffnete, leuchteten ihr Olivers Segelohren entgegen.
„Hallo Elisa!“ Oliver wedelte vergnügt mit seinem Sachkundeheft. „Hast du schon gelernt? Wie heißt der höchste Berg der Welt?“

„Hallo Olli!“ Elisa trat zur Seite. „Das ist äh, der Mount Everest? Oder doch der Kilimandscharo?“
Sie marschierten nebeneinanderher zu Elisas Zimmer.
„Der Kilimandscharo ist der höchste Berg Afrikas!“ Oliver klang ein bisschen wie Max, der Professor. „Fast 6000 Meter hoch!“ Er warf sein Heft in die Luft. „Das habe ich gerade gelesen!“ Elisa war erleichtert. Oliver war doch kein Superhirn wie Max!
Sie setzten sich nebeneinander an Elisas Schreibtisch.
„Miss Cornfield will noch viel mehr wissen als die Namen der Berge!“ Oliver schlug den Atlas auf. „Die längsten Flüsse der Welt, die Namen und die Lage der Meere, die größten Städte ... Aber weißt du, was mich interessiert: Wieso hast du eigentlich kein magisches Tier?“
Ein Schatten fiel über Elisas Gesicht. War Oliver deswegen gekommen? Wollte er gar nicht mit ihr lernen und zusammen sein, sondern sie nur ausquetschen?
„Du hast ja auch keins!“ Missmutig knüllte sie Papierfetzen zu kleinen Kugeln zusammen. „Und Leonie und Sibel ...“

„Matteo nicht zu vergessen!“ Oliver nickte eifrig. „Was muss ich tun, wenn ich ein magisches Tier haben will? Muss ich dafür einen Test bestehen? Muss ich beweisen, dass ich würdig bin?“

Er lächelte Elisa an und Elisa lächelte zurück. Sie musste zugeben, dass diese Punkte sie genauso brennend interessierten wie Oliver.

„Erst lernen wir für den Sachkundetest!“, wich sie Olivers Fragen aus. „Ich will meiner Mutter keinen Grund geben für noch mehr schlechte Laune.“

Oliver nickte und Elisa war dankbar, dass er nicht nachfragte.

Sie schoben die Stühle zusammen und büffelten die Namen von Flüssen und Gebirgszügen. Sie zählten Millionenstädte auf und fragten sich gegenseitig ab: Tokio, Jakarta, Delhi …

Nach einer halben Stunde klappte Oliver den Atlas zu. „Läuft doch super, bestimmt schreiben wir morgen eine Eins. Erzählst du mir jetzt mehr über euer Geheimnis? Bitte, bitte! Ich weiß, dass es nervig ist, aber es ist so spannend!“

Er blickte Elisa erwartungsvoll an.

„Unser Geheimnis!“, verbesserte sie lächelnd. „Du gehörst jetzt dazu! Aber ganz ehrlich, so gut kenne ich mich auch nicht aus.“

Sie stand auf, um zu kontrollieren, dass die Tür ihres Zimmers fest verschlossen war. Lauscher konnte sie nicht gebrauchen. Immerhin hatte sie einen Schwur geleistet! Einen Schwur, der besagte, dass sie mit niemandem über die magischen Tiere sprechen durfte. Es sei denn, derjenige gehörte zum magischen Kreis.

Elisa setzte sich vor Oliver auf den Boden. „Von einem Test habe ich noch nie gehört.“ Sie schnipste eine weitere Papierkugel durch die Luft.

„Ich glaube nicht, dass Helene oder Silas ihn bestanden hätten“, sagte sie mit einem Augenzwinkern.

Oliver kicherte und spitzte die Ohren.

„Ich weiß nur, dass man zuerst eine Nachricht bekommt“, fuhr Elisa fort. „Bei Benni stand die Nachricht auf dem Joghurtbecher, Finja hörte eine Durchsage im Bahnhof. Anthony entdeckte goldene Buchstaben in seinem Fußballalbum. Helene fand ihre Mitteilung in einem Glückskeks.“

„Verrückt!“, staunte Oliver. „Vielleicht sollte ich mal in meinem Atlas nachsehen?“
Er blätterte hastig die Seiten durch und seufzte. „Nichts!“
„Schoki hat ein Paket gekriegt“, erinnerte sich Elisa weiter. „Bei Zack hat die Mikrowelle angefangen zu piepsen!“
„Hhmm.“ Oliver kippelte mit dem Stuhl hin und her. „Jetzt hat Zack ein Stachelschwein! Und Benni trägt ständig seine Schildkröte mit sich rum. Was bringt ihm das?“
„Na ja.“ Elisa löste die Spangen aus ihrem Haar, die Strähnen fielen jetzt locker fast bis zur Schulter.
„Wow!“ Oliver lächelte. „Grün! Das sieht spitze aus!“
Elisa wurde rot. So eine Reaktion hätte sie sich auch von ihrer Mutter gewünscht. Stattdessen war sie ausgeschimpft worden. Egal, sie wollte jetzt nicht daran denken.
Sie fuhr mit der Hand über den Teppichboden. „So genau weiß ich das auch nicht. Jedenfalls geht es Benni viel besser als vorher, als er noch keine Schildkröte hatte. Die beiden stecken Tag und Nacht

zusammen!“ Sie stütze sich nach hinten ab. „Sie machen Ausflüge, vertrauen sich ihre Geheimnisse an und wenn Benni mal nicht weiterweiß, dann bespricht er sich mit Henrietta. Ist doch schön, oder?“

Oliver setzte sich im Schneidersitz neben Elisa auf den Boden. „Und was treiben die anderen so?“

„Caspar hilft Anna-Lena, wenn sie beim Theaterspielen den Text vergisst!“, erinnerte sich Elisa. „Und er macht ihr Mut!“

Oliver nickte.

„Rabbat hilft Ida, damit sie ein bisschen lockerer wird“, fuhr Elisa fort. „Manchmal ist sie echt zu ehrgeizig. Manchmal ist er aber eifersüchtig – wenn Ida sich mit Jo trifft!“ Sie lachten.

„Madonna hat Anthony beim Fußballturnier angefeuert“, erinnerte sich Oliver. „Am Schluss hat er gewonnen!“

Elisa lauschte. In der Wohnung war es still. Wahrscheinlich saß ihre Mutter gerade in der Küche und rührte in ihrer Kaffeetasse.

„Es muss schön sein, einen allerbesten Freund zu haben …“, murmelte sie.

Oliver legte den Kopf schief. „Ein Pinguin würde mir gefallen! Hat Mr. Morrison zufällig noch ein zweites Exemplar in seiner magischen Zoohandlung?"
„Soviel ich weiß, gibt es jedes Tier nur einmal."
Elisa zog eine Tüte mit getrockneten Himbeeren aus der Schreibtischschublade. „Die hab ich im Wald gesammelt."
Oliver begann zu knabbern. „Sehr lecker!"
Elisa strich sich die Haare nach hinten und freute sich nun doch, dass sie im Friseursalon Elfriede gewesen war.
„Die Erdmännchen sind allerdings zu zwölft", verbesserte sie sich. „Ich glaube, sie sind Geschwister.

Dann gibt es noch den Eisbären, eine Schlange, den Biber, Fische …“

Oliver hatte inzwischen eine Menge roter Himbeerflecken um den Mund, was unheimlich süß aussah.

„Fische?“, murmelte er. „Möchtest du einen Fisch als magisches Tier haben?“

„Warum nicht?“ Elisa griff in die selbst gebastelte Papiertüte. „Jedes magische Tier ist toll. Und jedes Kind bekommt genau das Tier, das zu ihm passt. Mr. Morrison und Miss Cornfield wählen das gemeinsam aus.“

Oliver schüttelte den Kopf. „Zu dir passt kein Fisch“, entschied er. „Fische sind glitschig und tauchen schnell weg. Du bist nett und kümmerst dich um andere. Weißt du, dass du die Erste bist, die mich nach Hause eingeladen hat? Danke übrigens! Es ist sehr schön hier!“

Elisa sah sich um.

Anscheinend sah Oliver etwas anderes als sie.

Er sah nicht den schäbigen Teppichboden, die abgenutzten Möbel und die Babybettwäsche mit den

kleinen Marienkäfern, die Elisa noch immer benutzte. Für Waldbettwäsche war einfach kein Geld da.
Sie lachten, quatschten weiter über die Schule, ihre Klassenkameraden und deren magische Tiere – und aßen nebenbei die ganze Tüte Himbeeren auf.
Elisa vergaß ihren Kummer – bis sie hörte, wie jemand in die Wohnung polterte. Dieser Jemand war: Marvin.
Elisa zog die Arme eng um ihren Körper. Weil sie ahnte, was gleich kommen würde, hielt sie sich beide Ohren zu. Oliver musterte sie erstaunt.
Aber dann zuckte auch er zusammen, denn eine Sekunde später entlud sich in der Küche das Donnerwetter, das Elisa kurz zuvor nur gestreift hatte. Mutter und Sohn stritten, laut und heftig.
Elisas gute Laune war wie weggeblasen. Hilflos starrte sie auf die Tür.
„Was ist los?", fragte Oliver leise.
Elisa senkte den Kopf. „Nichts ist los!" Sie schluckte.
„Möchtest du mich nach Hause begleiten?" Oliver stand auf und streckte ihr die Hand entgegen. „Na komm!"
Elisa nickte, mit Tränen in den Augen. Und wieder war sie Oliver dankbar, dass er nicht näher nachfragte.

2. Kapitel

Letzte Vorbereitungen

Der Freitag begann mit einer Fahrradkontrolle. Durchgeführt wurde sie von Willi Wondraschek, dem Hausmeister der Wintersteinschule.

Die meisten Kinder, darunter Ida, Benni, Elisa und Oliver, kamen problemlos durch.

Silas musste an seinem Rennrad die Bremsen nachziehen. Jo und Anthony wurden dazu verdonnert, bis Montag Lichter zu besorgen. „Sonst bleibt ihr zu Hause. Nachsitzen bei den Erstklässlern!“, sagte

Willi Wondraschek streng. „Oder ihr helft im Hausmeisterkiosk. Ihr könnt den Pausenverkauf übernehmen!"
Jo und Anthony schnaubten empört. „Wir wollen keine Wurstsemmeln schmieren. Wir wollen ins Wildnis-Camp! Antilopen jagen!" Sie bimmelten mit ihren Fahrradglocken.
Henry fuhr mit einem altmodischen Herrenrad vor, Herr Wondraschek schnalzte anerkennend mit der Zunge. „Junge, Junge, wenn du das mal verkaufen willst …"
Henry winkte ab. „Das gehört meinem Vater. Ich muss gut darauf aufpassen, sonst krieg ich Ärger." Er zog einen Ärmel seines Leinenhemdes nach vorn und begann, umständlich den Lenker zu polieren.
Idas Fahrrad war mit bunten Plastikblumen geschmückt. Helene kam mit einem rosa Rennrad an. Es hatte keinen Gepäckträger.
„Wie willst du deine Sachen transportieren?", fragte Miss Cornfield. Das Rad der Lehrerin lehnte an der Wand: ein orangefarbenes Klapprad ohne Gangschaltung.

Helene hüpfte lässig vom Rad. „Mein Gepäck? Darum kümmern sich Katinka und Finja!"
Die beiden Mädchen schüttelten den Kopf.
„Ich hab schon Polly auf dem Gepäckträger", stellte Katinka klar.
„Bei mir fährt Sydney mit!", rief Finja.
Polly war Katinkas magischer Flamingo, Sydney hieß der Koala von Finja.
Die beiden Mädchen gehörten zu Helenes Hofstaat und umsorgten sie wie eine Königin. Diesmal nicht. Ihre magischen Tiere waren wichtiger!
Miss Cornfield fuhr sich durchs Haar. „Wir haben tatsächlich ein Gepäckproblem", erkannte sie.
Auf der Packliste standen Dinge wie Schlafsack, Wanderstiefel, Wasserflasche … und dann kamen noch die magischen Tiere hinzu!
„Vielleicht ist Mortimer schon von seiner Reise zurück?" Sie suchte in der Manteltasche nach ihrem Telefon. „Er hätte genug Platz in seinem Omnibus!"
Willi Wondraschek verstand nicht, wo das Problem lag. „Wenn ihr eure Tierbabys zu Hause lasst, bekommt ihr locker alles aufs Rad." Er klimperte

mit seinem Schlüsselbund. „Bei mir sind die Schmusekätzchen gut aufgehoben! Ich sperre sie gern für eine Woche in den Wandschrank.“ Er linste zu Henrys Leopard, der keine Miene verzog.

„Nein, nein!“, mischte sich Miss Cornfield erschrocken ein. „Die Tiere müssen mit. Als, äh, Anschauungsmaterial!“ Sie deutete auf Fuchs und Eule.

Willi Wondraschek rieb sich die Nase. Er mochte die Kollegin aus Schottland und wollte helfen.

„Dann rufe ich meinen Freund Mütze an“, schlug er vor. „Er ist bei der Feuerwehr und muss mit dem Löschfahrzeug regelmäßig Bewegungsfahrten machen. Er übernimmt das bestimmt gern. Vorausgesetzt, er muss keine Kuscheltiere transportieren.“ Misstrauisch linste er zu dem Stoffhund, der unschuldig in Ronjas Fahrradkorb saß.

„Danke, Herr Wondraschek! Die passen bestimmt noch mit auf die Räder!“ Miss Cornfield zwinkerte den Kindern zu, die eifrig nickten.

„Unsere Tiere nehmen wir selbst!“, riefen sie im Chor.

„Dann wäre das geklärt.“ Miss Cornfield ließ ihr

Telefon zurück in die Tasche gleiten. „Abfahrt ist am Montag um 8 Uhr." Sie nickte dem Hausmeister dankbar zu. „Was täte die Wintersteinschule nur ohne Sie!"

In der dritten Stunde schrieb die Klasse den angekündigten Sachkunde-Test. Jo und Helene stöhnten, Elisa und Oliver fanden ihn eigentlich ganz leicht. „Das wird mindestens eine Zwei!" Sie klatschten ab. Elisa kannte sogar das größte zusammenhängende Waldgebiet Deutschlands: Das war der Pfälzerwald!
Es folgten Deutsch, Musik und Kunst, dann war die Schule aus.
Alle strömten nach draußen.
„Seid bitte pünktlich!", rief die Lehrerin der Schülerschar hinterher. „Ich freu mich auf euch!"

Bei einigen Kindern war die Vorfreude nicht so groß. Helene war sogar richtig, richtig sauer.
„Ein Wildnis-Camp! Auf so eine Idee kommt auch nur

unsere verrückte Lehrerin. Bestimmt krabbeln nachts Ameisen über meinen Bauch! Iieeehhh!“ Sie stand in Unterwäsche im Badezimmer und ließ ein Schaumbad ein. „Hast du gehört? Da gibt es nur kaltes Wasser!“

„Mondiö!“ Karajans Fell sträubte sich. „Was gibt es dört zu essen? Bestimmt keine Lachsschnittchen!“

Der Kater zog die Nase kraus. „Wo wirst du mein Fell föhnen? Wo kann isch mein Haupt betten? Bekomme isch jeden Tag meinen Katzen-Cappüccino?“

Helene kippte eine halbe Flasche Lavendelöl ins heiße Wasser. „Keine Ahnung, mein Lieber! Ich weiß nur eins: Es wird richtig, richtig unbequem. Und dann sollen wir auch noch arbeiten! Mit Schaufel und Pickel. Wie im Straflager, unmöglich!“ Sie ließ sich in die Wanne gleiten. „Ah, tut das gut. Willst du es nicht doch mal probieren?“

Wie Helene erwartet hatte, schüttelte Karajan gelangweilt den Kopf. Wasser war nicht so sein Ding. Er zog es vor, sich neben der Badewanne auf einem Korbstuhl zusammenzurollen.

Ida war richtig aufgekratzt. „Hab ich erzählt, dass wir auf Feldbetten schlafen?“ Sie wirbelte mit dem Besen durch den Friseursalon Elfriede. „Es gibt ein Holzhaus für Jungs und eines für die Mädchen. Die Lehrerin schläft im Schäferkarren. Toll, oder?“

Elvira Kronenberg schmunzelte, während ihr Mann Erik Kronenberg einem älteren Herrn konzentriert die Nackenhaare stutzte.

Elvira Kronenberg zwinkerte ihrer Tochter zu. „Das wissen wir, Ida-Schatz. Eure Klasse wird Brot backen und Wildkräuter für einen Salat sammeln und …“

„… und eine Futterkrippe bauen, stimmt's?“, unterbrach sie lachend eine Frau mit großen Lockenwicklern im Haar. Sie lauschte schon den ganzen Morgen Idas Schwärmereien.

Ida unterstützte ihre Eltern jeden Samstag, so gut sie konnte. Sie fegte Haare zusammen, servierte Kaffee und verteilte Zeitschriften an die Kundschaft.

Rabbat beobachtete seine Gefährtin vom Hinterzimmer aus.

Beim Gedanken an das Wildnis-Camp war ihm ein wenig mulmig zumute. Früher war er immer im Wald gewesen. Der Wald war sein Revier! Aber seit er bei Ida wohnte, war er keinem Artgenossen mehr begegnet. Ob er im Wald Füchse traf? Oder andere wilde Tiere?
Als Ida hereinkam, um frischen Kaffee zu holen, fuhr sie Rabbat zärtlich durchs Fell. „Na, aufgeregt?", wollte sie wissen.
„Genauso aufgeregt wie du, Rotschopf!", schnurrte er.

Schoki bekam das ganze Wochenende lang Überlebenstraining von seinem Opa Theodor. „Wenn du ein Taschenmesser dabeihast, findest du überall Nahrung. Wusstest du, dass man Birkenrinde essen kann? Wenn du im Boden gräbst, findest du Wurzeln. Manche schmecken richtig lecker. Und vergiss nicht, nachts eine Strickmütze aufzusetzen! Sonst bekommst du eine Ohrenentzündung!"
Schoki grinste. Normalerweise war Opa Theodor allergisch gegen seine Mütze!

Schoki hatte seinem Opa hundertmal erzählt, dass sich die Klasse nur tagsüber im Wald aufhalten würde. Ihr Essen mussten sie nicht ausgraben, das wurde ihnen von einer Köchin namens Lotti frisch zubereitet. Essen würden sie in einer gemütlichen Hütte. Miss Cornfield hatte ihnen Fotos gezeigt.

Aber sein Opa wollte das nicht hören. Also nickte Schoki nur.

„Ja, Opa! Das Taschenmesser nehme ich mit und meine Mütze lasse ich auf!“, antwortete er artig. „Als Proviant nehme ich nur Sachen, die lange haltbar sind.“

„Genau! Sehr gut, Samuel!“, antwortete Opa Theodor. „Meine Nachhilfestunden haben sich gelohnt.“

Schoki schmunzelte. „Dann wäre Schokolade doch der perfekte Proviant, oder?“

Opa Theo guckte verdutzt. „Öhm, ja … ja, da hast du wohl recht.“ Peperoni, Schokis magisches Pinselohrschwein, hüpfte hinter der Tür vor Freude in die Luft.

Und was machte Opa Theodor? Der steckte seinem Enkel einen Geldschein zu!

„Danke, Opa!“, jubelte Schoki und schwang sich aufs Rad.
Er strampelte durch die Straßen, sein Schweinchen galoppierte fröhlich nebenher.

Oliver stand vor dem Kleiderschrank. Was sollte er einpacken? Alte Kleidung, hatte die Lehrerin empfohlen.
Aber so viel alte Kleidung hatte er gar nicht!
Er ging zu seinem Laptop und drückte auf Play. Laute Musik dröhnte aus den Boxen. Oliver schnappte sich seine Haarbürste und tat so, als hätte er ein Mikrofon in der Hand. *„Rock me, rock me, rock me, Amadeus!“*, sang er so laut, dass die Lampe wackelte, und schlitterte in Socken über das Parkett. *„Do it! Do it!!!“*
Er dachte an Elisa. Ob sie ihn überhaupt für voll nahm? Sie wusste so gut Bescheid über alles, was an der Schule vor sich ging. Er dagegen kam sich oft vor wie ein Baby – ahnungslos bis hinter die Ohren.
Die magischen Tiere waren immer noch ein großes Rätsel.

Als das Lied zu Ende war, packte Oliver einfach die erstbesten Kleidungsstücke ein, die er fand.
Er wählte neue Musik aus und schlitterte mit Socken über den Boden. „*Weine nicht, wenn der Regen fällt!*"
Er legte einen Hüftschwung hin, dass die Nachbarn gegenüber nur so staunten. „*Uh yeah!*"

3. Kapitel

Ertappt!

Elisa war mal wieder allein in der Wohnung. Ihre Mutter hatte im Krankenhaus die Nachmittagsschicht übernommen. Marvin steckte wer weiß wo.

Elisa musste die ganze Zeit an das verschwundene Geld denken.

Wer konnte es genommen haben?

Sie schaute aus dem Fenster.

War es beim Einkaufen aus dem Geldbeutel gerutscht?

Ihre Mutter hatte in den letzten Wochen so viel

gearbeitet, dass sie oft ganz durcheinander war. Manchmal wusste sie nicht mal mehr, ob sie den Tisch fürs Frühstück oder Abendessen decken sollte.
Elisa holte sich eine Packung Vollkornkekse aus der Küche und legte sich aufs Bett. Sie begann zu träumen. Sie pirschte in ihrem alten Parka durch den Wald. Mit ihrer Hand strich sie über hohe Gräser und sog die frische Luft ein. Und all die Tiere um sie herum! Wie schön wäre es doch, ein magisches Tier zu haben. Keinen Fisch, da hatte Oliver recht. Vielleicht ein Eichhörnchen? Oder einen Siebenschläfer?
Auch vor einem großen Tier würde sie sich nicht fürchten. Wie wäre es mit einem Hirsch oder einem Elch? Sie würde sich am Geweih festhalten und in die Schule reiten. Beim Gedanken daran musste sie lachen. Und wurde gleich darauf wehmütig.
Früher, als ihr Vater noch bei ihnen gewohnt hatte, hatten sie oft Ausflüge in den Wald gemacht. Ihr Vater hatte ihr alles erzählt, was er über Bäume und Tiere wusste. Und das war eine Menge! Seit ihre Eltern sich getrennt hatten, war Elisa nicht mehr im Wald gewesen.

Marvin war sich mittlerweile sowieso zu cool für solche Sachen. Früher waren er und Elisa auf Bäume geklettert, meterhoch!
Jetzt verbrachte er das Wochenende lieber mit seinen Freunden.
Elisa schloss die Augen und versank in ihrer eigenen Welt. Draußen begann es zu regnen, die Tropfen prasselten gemütlich gegen das Fenster. Und auch in Elisas Traum regnete es. Das machte ihr aber nichts aus, im Gegenteil. Sie wanderte durch den Wald, außer ihr war niemand unterwegs. Sie musste Laub sammeln für die Igel, Haselnüsse für die Mäuse, Kastanien für die Wildschweine! Sie setzte einen Fuß vor den anderen – und irgendwann nickte sie ein.

Elisa schreckte auf. Wie viele Stunden hatte sie geschlafen? Ein Blick auf den Wecker verriet: Es war fast Mitternacht.
Ihr Mund war trocken und sie beschloss, sich ein Glas Wasser zu holen.
Elisa tapste durch den dunklen Flur, schob die

Küchentür auf – und blieb erschrocken stehen. Da war ein Schatten! Etwas raschelte in der Dunkelheit! Eine schwarze Gestalt nestelte an der Handtasche, die am Küchenstuhl baumelte. Die Handtasche ihrer Mutter!

Der Dieb!

Der Dieb, der gerade Geld aus der Handtasche stahl! Er hielt das Geld in beiden Händen und drehte sich zum Fenster.

Der Dieb war – Marvin!

Elisa schnappte nach Luft.

Oh nein! Schnell legte sie eine Hand auf ihren Mund, doch es war zu spät.

Marvin hatte sie gehört. Er drehte sich zu seiner Schwester um.
„W-w-was machst du denn da?“ Elisa starrte ihren Bruder an.
Wenn Marvin sich ertappt fühlte, dann ließ er es sich nicht anmerken.
„Ist nur geliehen“, sagte er und steckte das Geld mit einer lässigen Handbewegung in die Hosentasche. Es ging so schnell, dass Elisa nicht sehen konnte, um welchen Schein es sich handelte. 20 Euro? 50 Euro?
„D-d-du nimmst d-d-dir Geld?“, stieß Elisa hervor. Sie ließ sich auf einen Stuhl fallen. „Warum? Wir kriegen doch Taschengeld!“ Ihre Stimme zitterte. „Reicht dir das nicht?“
„Also, dein Wildnis-Camp konntest du davon nicht bezahlen, oder, Schwesterchen?“, entgegnete Marvin.
Elisa biss sich auf die Lippen. „Das war eine Ausnahme!“, flüsterte sie. „Und mein allergrößter Wunsch.“
„Soso!“, höhnte Marvin. „Ich habe auch einen allergrößten Wunsch. Und noch einen und noch einen!“

Elisa schüttelte hilflos den Kopf. „Das ist total daneben!“ Sie stand auf und wankte zur Tür. Sie wollte zurück in ihr Bett, ihre kuschelige Höhle.
Marvin stellte sich Elisa in den Weg und verschränkte die Arme. Was für dicke Oberarme er hatte! Ging Marvin etwa seit Neuestem in eines dieser superteuren Fitnessstudios?
Er knackste mit den Fingern. „Wenn du petzt, dann bist du verloren!“
Elisa überlegte fieberhaft, was sie Marvin entgegnen könnte. Aber ihr fiel einfach nichts ein.
Nicht jetzt, kurz nach Mitternacht, in der eiskalten Küche.
Marvin drückte die Türklinke nach unten. „Geh du ruhig in dein Camp! Ich jedenfalls treffe mich morgen wieder mit meinen Freunden. Mit einer nagelneuen Cap.“
In seiner Hosentasche knisterte der Geldschein.
Darauf konnte Elisa nichts erwidern. Traurig schlurfte sie zurück in ihr Zimmer.

Der Rest des Wochenendes verlief in der Heymannstraße 12 ungewöhnlich friedlich. Jedenfalls kam es Frau Bergeramo so vor.

Als sie am Sonntagmorgen aufstand, war der Tisch bereits gedeckt. „Guten Morgen!“ Marvin setzte sich und unterhielt sich freundlich mit seiner Schwester. „Kann ich mal die Butter haben? Danke!“

Wie konnte er nur so fröhlich sein? Elisa kaute an ihrem Hörnchen herum. Sie schaffte es nicht, ihren Bruder anzugucken. Jetzt hatte sie zwei Geheimnisse. Ein schönes und ein hässliches!

Das schöne war natürlich das Geheimnis um die magische Zoohandlung und die vielen Tiere, die dort wohnten.

Das hässliche Geheimnis war der Dieb am Frühstückstisch.

Wie sollte sie damit umgehen?

Wenn sie es ihrer Mutter erzählen würde, wäre sie so enttäuscht von Marvin. Dann wäre ihre Familie endgültig kaputt! Es würde Streit geben. Und Elisa konnte einfach keinen Streit mehr ertragen. Nein, sie musste allein eine Lösung finden.

Elisa blickte aus dem Fenster. Sie wollte nur noch weg. Wann wurde es endlich Montag? Tausend Gedanken wirbelten durch ihren Kopf. Sie brauchte frische Luft, raschelnde Blätter und den Duft von Erde – sie brauchte den Wald.

4. Kapitel

Abfahrt!

Am Montag herrschte am Schulparkplatz ein großes Kuddelmuddel.

Kinder und Tiere standen quasselnd in Gruppen beisammen, das Gepäck türmte sich zu einem riesigen Berg.

Franka kam mit einem schwarzen Fahrrad mit Bananensattel angekurvt. Sie trug eine lila Jacke, in ihren Zöpfen schaukelte Cooper, ihre Ratte. „Cool, Baby!" Cooper streckte zwei Pfoten nach vorne.

„Absprung!“ Die braun gefleckte Ratte landete mitten im Gepäckhaufen. „Wer traut sich?“

„Ich natürlich!“ Tingo, der Schimpanse, hüpfte hinterher.

Willi Wondraschek stand mit dem Rücken zum Gepäck und wedelte mit den Armen. Er versuchte, für Ordnung zu sorgen.

„Das ist der Parkplatz von Herrn Siegmann!“ Er scheuchte Silas mitsamt seinem Gummikrokodil zur Seite. Vergebens!

Denn jetzt kam Anthony mit Madonna angedüst! Das Meerschweinchen hoppelte um Willi Wondrascheks Hosenbeine.

„Frechheit“, schnaufte der Hausmeister.

Finja fiel der Abschied wie immer schwer. Sie schmiegte sich in die Arme ihrer Mutter. Erst als Sydney, der Koala, an ihrem Ärmel zupfte, riss sie sich los. „Es sind ja nur vier Nächte!“

Um fünf vor acht kam Mütze mit dem Feuerwehrauto. Er schaltete sogar kurz das Blaulicht an!

Elisa saß etwas abseits auf einer Bordsteinkante und beobachtete ihre Klassenkameraden.

Wie viel Spaß sie mit ihren magischen Tieren hatten! Ida kitzelte ihren Fuchs am Bauch, Henry und Leander wälzten sich in der Wiese. Benni und Henrietta spielten Verstecken. Über Max' Kopf kreiste Muriel, die Eule. „Oje, oje, oje!", schnarrte sie und zählte alle Kinder durch. „Madame kommt zu spät!"
Das Gepäck war schon verstaut, da fuhr Helenes Mutter mit quietschenden Reifen um die Ecke. Zehn Minuten später waren auch Helenes sieben Koffer und Taschen verladen. Endlich konnte Mütze los!
„Bussi, meine Süße!" Frau May warf ihrer Tochter ein Kusshändchen zu. „Ruf an, wenn du was brauchst! Dann schicke ich ein Taxi vorbei!" Hupend brauste sie davon.
Herr Wondraschek betrachtete kopfschüttelnd die lärmende Klasse. „Und Sie wollen mit dieser Truppe Fahrrad fahren?" Er drehte sich zu Miss Cornfield. „Wäre es nicht besser, ich komme mit? Sie fahren voran, ich mache das Schlusslicht!"
Miss Cornfield zuckte zusammen. Wenn der Hausmeister sie begleitete, müssten die Tiere ständig versteinern!

„Das ist unheimlich nett von Ihnen, Herr Wondraschek!“ Sie holte tief Luft. „Aber müssen Sie sich nicht um wichtigere Dinge kümmern? Die anderen Schüler werden traurig sein, wenn es in der Pause keine Leberkäsesemmeln gibt!“

Willi Wondraschek kratzte sich am Kopf. „Da haben Sie auch wieder recht!“ Der Hausmeister verschwand im Schulhaus und alle atmeten auf.

Das Wildnis-Camp lag neun Kilometer von der Stadt entfernt. Miss Cornfield strampelte mit dem Klapprad vorneweg und 24 Kinder zockelten in einer langen Schlange hinter ihr her.

Bald erreichten sie den Fluss. Ein breiter Fahrradweg säumte das Ufer, auf dem die Kinder nebeneinanderradeln durften.

Sofort setzte Silas zum Überholen an.

Ring-ring! „Aus dem Weg, ihr lahmen Schnecken!“

Rick wurde grün im Gesicht. „Mach mal wieder langsam, Kumpel!“, ächzte das Krokodil, das wie immer unter Silas’ Arm klemmte.

Henrietta saß auf einem zusammengeknüllten T-Shirt in Bennis Fahrradkorb und trällerte leise vor sich hin. Einige Tiere freuten sich, dass sie neben den Fahrrädern herlaufen durften. Leander machte große

Sprünge und hatte kein Problem mit dem Tempo. Muriel segelte gemächlich über die bunte Truppe hinweg und genoss die Ruhe in luftiger Höhe.

Tuut-tuut! Oliver trötete begeistert mit seiner Fahrradklingel, die aussah wie eine kleine Hupe.

Elisa klingelte zurück. „Hey! Die hört sich ja an wie von einem Lkw!“ Oliver schloss zu ihr auf.
„Alles klar?“, fragte er seine Freundin.
„Alles klar!“, antwortete Elisa und presste die Lippen

zusammen. Nichts war klar! Aber was sollte sie Oliver erzählen? Dass ihr Bruder ein Dieb war? Was würde er dann von ihrer Familie denken?
Plötzlich streckte Meerschweinchen Madonna etwas zu stürmisch seinen Kopf aus Anthonys Umhängetasche.

„Caramba!“, quiekte es. Anthony legte eine Vollbremsung hin.
Anna-Lena und Lothar krachten fast in ihn hinein.
„Hupsi-pupsi!“, rief Caspar, das Chamäleon, und purzelte beinahe auf den Fahrradweg.
Miss Cornfield stoppte sofort. „Alles okay bei euch?“
„Nix passiert!“, beruhigte Anthony die Lehrerin.
„Na ja, fast nix!“ Anna-Lena zeigte auf Anthonys Ball, der sich vom Gepäckträger gelöst hatte und geradeaus in den Fluss kullerte.
„Kein Problem!“ Schnell glitt Mette-Maja ins Wasser und stupste den Ball mit ihrer Nase im hohen Bogen zurück an Land.
Die Kinder und Tiere applaudierten.
Und so ging es fröhlich weiter, Kilometer um Kilometer.
Schoki verlor seine Strickmütze, Peperoni fand sie wieder, Pollys Glitzerhandtasche geriet zwischen die Speichen und Helene musste ständig anhalten, weil sie Durst hatte.
Trotz allem erreichten sie gegen Mittag fast pünktlich ihr Ziel.

Still lag das Wildnis-Camp am Waldrand. Auf einer großen Wiese war viel Platz zum Spielen. Hier gab es eine Feuerstelle mit Baumstämmen zum Draufsitzen und ein paar Liegestühle. Etwas abseits standen mehrere Gebäude, eines sah aus wie eine Almhütte. Elisa schnupperte. Es duftete herrlich nach Kiefernnadeln. Am liebsten wäre sie sofort in den Wald gerannt.
Die Kinder parkten ihre Fahrräder und Miss Cornfield machte sich auf die Suche nach Otto, dem Betreuer im Wildnis-Camp. Sie fand ihn im Büro.
„Respekt! Ihr kommt mit den Fahrrädern!“ Otto kam mit Miss Cornfield nach draußen. „Sportlich, sportlich!“ Er musterte die Neuankömmlinge und warf einen Blick auf die Gepäckträger, wo zu seiner Überraschung nur Kuscheltiere saßen: ein Koala, ein Stachelschwein, ein Känguru. „Herzlich willkommen im Camp! Wo habt ihr eure Sachen?“
„Wurde das Gepäck nicht vorbeigebracht?“, wunderte sich Miss Cornfield. „Von einem Herrn im Feuerwehrauto?“
Otto schüttelte den Kopf. „Ich weiß von nichts!“

Helene kreischte los. „Ohne mein Handyladegerät überlebe ich keine Stunde!"
„Handys sind verboten", erinnerte sie Miss Cornfield.
„Locker bleiben", meinte Silas. „Also, ich kann die gleiche Unterhose eine Woche lang tragen."
„Iiieehhhh!", kreischte Helene entsetzt. Und Karajan stimmte ihr zu: „Mondiö!"

Während Miss Cornfield versuchte, Willi Wondraschek zu erreichen, zeigte Otto den Kindern das Camp.
„Ihr schlaft in den Blockhütten!" Otto deutete auf zwei urige Häuschen. „Die eine ist für die Mädchen, die andere für die Jungs."
Den Brotbackofen neben der Feuerstelle und die drei Schäferkarren hatten die Kinder längst entdeckt.
„Ein Karren ist für eure Lehrerin reserviert!", erklärte Otto und marschierte weiter. Die Kinder zockelten hinterher.
Es gab Waschräume und die Almhütte, in der die Küche und der Aufenthaltsraum untergebracht waren.

Lotti, die Köchin, winkte von hinten. „Um sechs Uhr gibt's Abendessen!“
Ronja zog eine Schnute. „Bis dahin sterbe ich bestimmt vor Hunger!“
Otto hörte sie nicht. Er breitete seine Arme aus. „Willkommen auf dem größten Abenteuerspielplatz der Welt, der Natur!“
Franka und Yannik jubelten aufgeregt.
„Nicht weit von hier gibt es einen Bach und einen Weiher“, fuhr der Betreuer fort. „Dort leben viele Frösche! Kann sein, dass es nachts ein bisschen laut wird!“
„Top!“, riefen Jo, Silas und Hatice.
Otto kam ganz durcheinander. „Top?“
„Na klar, wir brauchen Wasser für unsere mag…!“
Hatice schlug sich auf den Mund.
„Mangelnden Schwimmkünste“, half Max.
„Genau!“, nickte Jo.
„Außerdem wollen wir die Qualität des Wassers bestimmen!“, mischte sich Ida ein. „Gibt es dort Strudelwürmer?“
„Oder den ockergelben Wasserschlauch?“, ergänzte

Max, der Professor. „Wenn diese Pflanze am Ufer wächst, heißt das, dass im Wasser wenig Schadstoffe sind!“

Otto kratzte sich am Kopf. Da war er ja an ziemliche Schlaumeier geraten!

5. Kapitel

Unterwegs im Wald

Die Häuser sahen sehr gemütlich aus. „Wie die Blockhütten für die Holzfäller in Kanada“, meinte Silas und klopfte gegen einen Fensterrahmen. Sofort bröselte ein Stück vom Holz zu Boden.

„Äh, nur vielleicht nicht ganz so stabil“, gestand Otto.

„Gibt es hier Ungeziefer?“ Helene sah sich um.

„Kann sein“, sagte Otto mit einem Schulterzucken.

„Insekten werden sofort von Fledermäusen gefressen“, versicherte Eddie.

Im selben Moment schoss Eugenia draußen am Fenster vorbei. „Eine Motterich! Leckerich!"
Otto schaute ihr hinterher und kratzte sich hinterm Ohr. „Richtet euch ein, wir treffen uns später am Lagerfeuerplatz!" Kopfschüttelnd verschwand er in seinem Büro. Diese Klasse war wirklich außergewöhnlich!

In jeder Hütte standen zwei Reihen mit Feldbetten. Es roch nach frisch geschlagenem Holz und noch etwas anderem. Elisa nahm ein Kissen von ihrem Bett und steckte ihre Nase hinein. Hm, es duftete nach Heu!
Elisas Bett lag in der Nähe des Eingangs, zwischen Franka und Hatice. Weder zu Franka noch zu Hatice hatte sie einen engen Draht, aber das war ihr ganz recht. Dann musste sie nicht so viel reden.
„Kissenschlacht!", rief Ronja und warf ein Heukissen zu Ida.
Oh nein! Elisa zog sich schnell auf ihr Bett zurück. Sollte bloß niemand auf die Idee kommen, dass

sie mitspielen wollte! Mit einem Griff hatte sie ihr Sachbuch aus der Tasche geholt und begann zu lesen.
„Na warte!“, lachte Ida und holte weit aus. Toffi warf sich dazwischen und schleuderte das Kissen weiter zu Caspar.
„Hupsi-pupsi!“, rief das Chamäleon und kippte nach hinten.
„Ein Punkt für mich!“, kläffte Toffi.

Nach zwei Telefonaten fand Miss Cornfield heraus, dass Mütze, erstens, das Camp nicht gefunden und, zweitens, einen großen Umweg gefahren war. Miss Cornfield schaute in der Hütte der Mädchen vorbei.
„Keine Ahnung, wann Mütze hier eintreffen wird!“, gab sie bekannt.
Helene schnappte nach Luft. „Wenn er bis zum Abendessen nicht hier ist, fahre ich wieder nach Hause.“
„Ohne meine Küscheldecke kann isch nischt einschlafen“, miaute Karajan. „Mondiö!“
„Er wird schon rechtzeitig aufkreuzen“, tröstete Miss

Cornfield. „Ich habe ihm den Weg genau beschrieben! Kommt alle zur Feuerstelle, wir gehen in den Wald."
Elisa seufzte erleichtert.
Endlich!

Die Kinder versammelten sich auf den Baumstämmen. „Ui, das ist meiner!" Helene ließ sich auf einen Liegestuhl fallen. Karajan hüpfte auf ihren Schoß, wo er sich artig zusammenrollte.
Auch die anderen magischen Tiere versteinerten brav – zumindest die meisten. Tingo und Sydney zogen es vor, auf Bäume zu klettern. Cooper, Zeki und Madonna raschelten durchs Gras. Aber alles hinter Ottos Rücken.
„Schön, dass ihr originalgetreues Anschauungsmaterial mitgebracht habt", lobte Otto. Er deutete mit dem Zeigefinger zu Ida. „Dein Plüschtier gefällt mir besonders gut. Darf ich es mal nehmen?"
Ohne eine Antwort abzuwarten, packte er Rabbat im Nacken und hob ihn in die Luft. Der Fuchs zappelte und jaulte kurz auf.
„Hey!" Ida sprang hoch.

„Was war das denn?", rief Otto verdattert und ließ Rabbat fallen. Ida streckte sich in Rabbats Richtung. Der Fuchs landete weich in ihren Armen.
Otto riss die Augen auf. „Das gibt's doch nicht! Wie echt!"
„Das ist ein Stofftier mit Soundeffekt!", knurrte Ida.
„Oh, okay …", stammelte Otto. Jetzt kam er sich ein bisschen blöd vor, weil er sich so erschrocken hatte. Der Fuchs guckte starr in die Ferne.
Miss Cornfield räusperte sich und warf den Kindern bedeutungsvolle Blicke zu. Otto schenkte sie ein strahlendes Lächeln.
„Otto, steht nicht als Nächstes unser erster Waldausflug auf dem Plan?"
Otto blinzelte kurz verwirrt. „Äh, ja, genau! Ich zeige euch die Stelle im Wald, wo ihr später eure fertigen Futterkrippen aufbauen könnt."
Und schon machte sich die Gruppe auf den Weg in den wilden, wilden Wald.

Otto stapfte voran, die Kinder und ihre Tiere trabten hinterher. Miss Cornfield nahm einen Umweg über die Küche und organisierte Obst für alle.

Anthony holte noch schnell seinen Fußball, im Wald konnte man bestimmt irgendwo kicken!

Helene murrte: „Meine schönen Ballerinas! Ich brauche meine neuen Stiefel mit Kreppsohle!“

Als sie losmarschierten, gesellte sich Oliver zu Elisa.

„Hey, ein ziemlich cooles Camp, oder?“ Oliver hüpfte über den Weg.

„Ja, eigentlich schon.“ Elisa ließ ihre Birne in die Jackentasche gleiten. Irgendwie hatte sie keinen Appetit.

Oliver musterte seine Freundin von der Seite. Er hatte gemerkt, wie bedrückt sie schon den ganzen Tag war. Aber er traute sich nicht, sie auszufragen. So gut kannten sie sich auch wieder nicht …

Still liefen sie nebeneinanderher. Sie kamen am Teich vorbei, wo Juri schnell hineinhüpfte. Elisa lächelte.

„Ich kann die Tiere immer besser sehen!“, freute sich Oliver.

„Na klar, du gehörst doch längst zum Club!“, antwortete Elisa.

Kaum hatten sie den Wald erreicht, guckte Elisa nach oben. Sie atmete tief ein. Die Luft war frisch und duftete nach Moos und Erde. Sie zupfte ein Blatt von einem Zweig und zerrieb es zwischen den Fingern. Sie roch an ihren Händen und fühlte sich gleich viel besser.

Auch für die Tiere gab es viel zu entdecken! Rick und Peperoni schnüffelten durchs Gebüsch, Leander und Toffi übten Anschleichen. Sydney saß huckepack auf Finjas Schultern und kraulte ihren Nacken. Otto ging mit Miss Cornfield voran und bekam von alledem nichts mit.

Je weiter die Gruppe in den Wald marschierte, umso ausgelassener wurde auch Rabbat. Er machte Luftsprünge, verschwand mal für wenige Sekunden, mal für mehrere Minuten.

Immer, wenn Ida begann, sich Sorgen zu machen, tauchte er auf und rief: „Hier bin ich wieder, Rotschopf!“

Ida lachte. „Ich hab dich schon vermisst!“

Sie streichelte sein warmes Fell. Ida freute sich, dass es ihm so gut im Wald gefiel, gleichzeitig wurde ihr auch mulmig zumute: Was, wenn es Rabbat *zu* gut gefiel? Würde er nachts verschwinden? Fand er den Wald besser als ihr Zimmer am Johannisplatz?

Immerhin war Rabbat tief in seinem Herzen ein Wildtier.

Wie so oft ahnte Rabbat, was in Ida vorging.

„Nirgendwo ist es so schön wie bei dir!“ Sanft stupste der Fuchs gegen Idas Knie. „Ich bleibe bei dir, für immer und ewig.“

Gerührt drückte Ida Rabbat einen Kuss auf die Stirn.

Das sahen Elisa und Oliver, die dicht hinter ihnen durch den Wald marschierten.

„Sie sind verliebt“, seufzte Oliver theatralisch und legte wie ein Schauspieler die Hand auf sein Herz.

„Sieht ganz danach aus!“, nickte Elisa und spürte plötzlich ein Ziehen im Bauch.
Ida hatte sie gehört. Sie drehte sich zu den beiden um. „Wartet ab, bis ihr euer magisches Tier habt!“, verteidigte sie sich. „Dann geht es euch genauso.“
Oliver warf schon mal probehalber Küsschen in alle Richtungen.
„Hallihallo!“, rief er übermütig. „Gibt es hier magische Tiere? Ich warte! Bussi!“
Elisa musste gegen ihren Willen kichern.
Max mischte sich ein. „Da musst du dich wohl noch etwas gedulden, bis du an der Reihe bist. Das entscheiden nur Miss Cornfield und Mr. Morrison!“
„Genauerich!“, zwitscherte Eugenia. Eddie streichelte zärtlich ihr Fell.
Oliver schüttelte den Kopf. „Der reinste Schmusezirkus!“
Elisa nickte. Und doch wünschte sie sich nichts mehr, als auch so ein Schmusetier zu besitzen.

Die Lichtung, auf der die Klasse die Futterkrippen aufbauen sollte, lag in der Nachmittagssonne. Blätter leuchteten in allen Grüntönen, irgendwo zwitscherte ein Rotkehlchen.
Anthony begann sofort, mit seinem Fußball herumzukicken, Otto erklärte währenddessen, was in den nächsten Tagen zu tun war: passendes Holz auswählen und auf die richtige Länge bringen. „Wir stellen Werkzeug, Schubkarre und Baupläne zur Verfügung. Den ersten Teil der Arbeit könnt ihr am Camp erledigen. Dann transportieren wir eure Meisterwerke hierher. Wenn dann am Freitag zwei Krippen auf der Lichtung stehen, wäre das super! Kommt ihr damit zurecht?“ Er wedelte mit mehreren Blättern durch die Luft.
Max und Franka schnaubten: „Na klar!“
Währenddessen jagte Katinka Anthony den Ball ab und suchte sich zwei Bäume als Tor aus. Die anderen ahnten, was Katinka vorhatte. Jo stürzte auf sie zu, doch Katinka dribbelte cool an ihm vorbei.

„Wir hatten letztes Jahr einen harten Winter und viele Tiere hatten zu wenig Nahrung. Wenn eure Krippen fertig sind, ist das eine große Hilfe für die Waldbewohner. Dann haben die Rehe im Winter dank euch was zu futtern!“, fuhr Otto fort.
„Cool!“ Schoki strahlte.
„Wer kann mit dem Akkuschrauber umgehen?“, fragte Otto in die Runde.
„Ich!“, rief Silas und war sofort wieder beim Fußballspiel. Er versuchte, Katinka den Ball abzunehmen. „Mädchen gegen Jungs?“ Er nickte zu Jo.
Katinka grinste und kickte den Ball locker zu Ronja und Franka. „Die beiden meinen tatsächlich, sie könnten gegen uns gewinnen!“, rief Katinka.
Franka lachte. „Ha, von wegen! Mädchen spielen genauso gut Fußball wie Jungs! Und wir können bestimmt auch die bessere Futterkrippe bauen!“
„Mädchen gegen Jungs auch bei der Futterkrippe?“
Jo streckte den Daumen hoch. „Gebongt!“ Silas spurtete los zu Franka, um sich den Ball zu holen, und stolperte dabei über Rick, der sich in einem Laubhaufen versteckte.

„Oh, sorry, Kumpel!“ Silas kniete sich zu seinem magischen Tier und streichelte Ricks Panzer.

„Wann gibt es endlich was zu futtern?“, fragte Rick. Sein Krokodilmagen knurrte.

Otto sah sich verunsichert um.

„Das war mein Bauch“, beruhigte ihn Silas.

Franka wollte den Ball loswerden.

„Hier!“ Helene streckte ihre Hand in die Luft. Trotz der Ballerinas hatte sie sich unter die Spieler gemischt.

Franka passte. Helene schoss Richtung Tor – daneben!

„Ha, wenn du so baust, wie du schießt, haben wir den Futterkrippen-Sieg auch schon sicher!“ Silas hob triumphierend die Hände und Helene verdrehte die Augen.

„Wart’s ab!“

Elisa interessierte sich nicht für Fußball. Und wie man eine Futterkrippe baute, wusste sie schon. Sie wurde magisch angezogen vom Dunkel hinter den Baumstämmen. Ob sie mal nachsehen sollte, was sich dort verbarg? Sie machte

ein paar Schritte weg von der Gruppe. Elisa ging in die Knie, strich mit den Fingern über das Gras und schnupperte. Irgendwie roch es seltsam! Aber auch interessant!

Ottos Vortrag war noch nicht zu Ende.

„Der Wald ist ein Paradies“, erklärte er. „Ein Paradies für Mensch und Tier. Und jeder ist gefragt, um dieses Paradies zu erhalten! Der Wald ist eure Zukunft, es ist wichtig, dass wir ihn schützen.“

„Das stimmt!“, nickte Max, der Professor. „Die Bäume helfen beim Kampf gegen den Klimawandel. Sie speichern jede Menge Kohlenstoff!“

Elisa blickte sich kurz um, alle waren abgelenkt. Sie ließ die Lichtung hinter sich und ging ein Stück tiefer in den Wald hinein, Ottos Stimme wurde leiser und leiser.

Die Stimmung im Wald veränderte sich. Abseits der Lichtung war es viel schummriger. Irgendwie … zauberhaft! Vor sich entdeckte Elisa eine große Buche. Sie

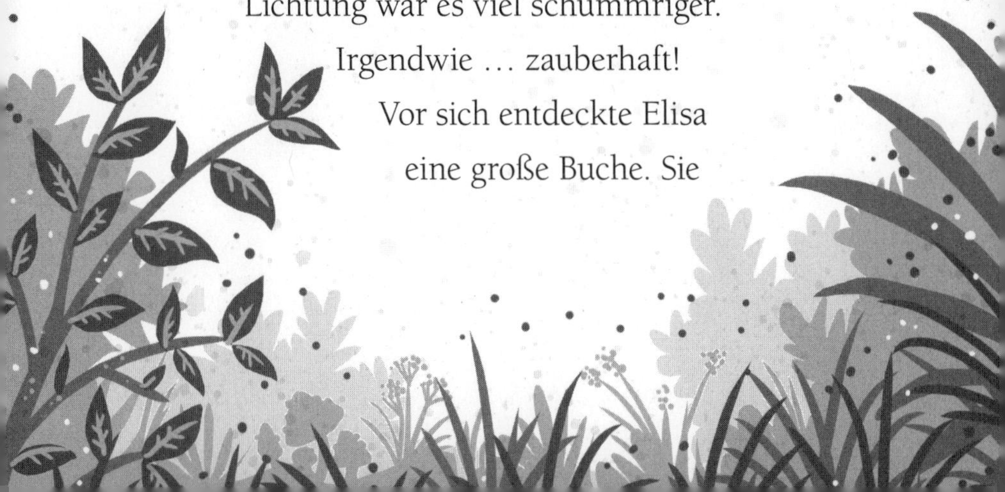

lehnte sich mit dem Rücken gegen den dicken Stamm, ihre Finger spielten mit einem Stück klebrigem Harz. Sie wollte sich gerade auf einen tief hängenden Ast ziehen, als sie aus dem Augenwinkel eine Bewegung wahrnahm. War sie doch nicht allein?

„Hallo? Ist da jemand?“ Elisas Stimme zitterte.

Knacks!

Was war da im Gebüsch?

Elisa lief ein Schauer über den Rücken.

Sie rannte los.

Schnell zur Lichtung!

Etwas außer Atem kehrte Elisa zu ihrer Klasse zurück.

Sie blickte auf die Stelle, wo sie gerade zwischen den Zweigen hervorgekommen war.

Nichts.

Hatte sie sich das Geräusch nur eingebildet?

6. Kapitel

Nacht der Sternschnuppen

Lotti erwartete die Klasse in der Almhütte mit einem großen Topf Suppe, dicken Brotscheiben und Schokopudding. Alle hatten einen Bärenhunger!
„Oh, das riecht aber gut!“ Henry streckte die Nase in die Luft.
„Magst du den ersten Löffel?“, fragte er Leander, der unterm Tisch hockte.
Der Leopard nickte gierig und Henry begann, ihn zu füttern.

Franka hatte sich ihren Teller schon vollgeladen. Unauffällig schob sie zwei Brotscheiben in die Hosentasche. „Cool, Baby!“ Cooper begann sofort zu mampfen.
Alle griffen kräftig zu, es schmeckte einfach wunderbar!
Elisa schaffte ihren Schokopudding nur zur Hälfte. „Willst du noch?“, fragte sie Schoki.
„Oh, ich kenne jemanden, der bestimmt Interesse hätte.“ Er stellte die Schüssel auf den Boden. Ein lautes Schmatzen erklang und alle lachten.
Katinka gähnte.
„Jetzt noch kurz die Tische abräumen, dann können wir uns fertig machen fürs Bett“, kündigte Miss Cornfield an. Niemand protestierte. Alle standen auf und nahmen Geschirr und Besteck.
Silas balancierte gerade vier Teller auf einmal, als ein lautes Hupen ertönte.
„Juhu!“, jubelten die Kinder. „Mütze ist da!“
„Wurde auch Zeit.“ Helene streichelte Karajan, während die anderen nach draußen rannten.
Silas brachte noch schnell die Teller in die Küche.

„Super gemacht, Kumpel!“, lobte Rick. „Zur Belohnung gibt’s frische Unterhosen!“
„Und die Tüte Gummibärchen aus meinem Seesack!“

Die Klasse nahm ihr Gepäck entgegen.
„Die Gegend hier ist ein einziges Labyrinth!“, entschuldigte sich Mütze und Miss Cornfield nickte verständnisvoll.
Schoki zog eine Tafel Trauben-Nuss-Schokolade aus der Reisetasche. „Jungs, unser Mitternachtssnack ist gesichert!“ Jubelnd warf er die Strickmütze in die Luft.
„Mhh, ich lieberich Rosinen!“, freute sich Eugenia.
Elisa packte sich den Rucksack auf den Rücken.
„Das war schön heute, oder?“ Oliver tauchte neben ihr auf.
„Ja …“ Elisa nickte.
„Ich … ich hab gesehen, wie du aus dem Wald zurück auf die Lichtung gekommen bist. Du hast ganz schön nach Luft geschnappt! Ist dir was passiert?“, fragte Oliver zögernd und steckte die Hände in die Hosentaschen.

„Nee, ich dachte nur, ich hätte etwas gesehen. Da war auch so ein komisches Geräusch.“ Elisa fuhr sich durchs Haar.

„Im Gebüsch?“

„Ja, hinter mir. Also bin ich schnell weggelaufen.“ Elisa kicherte nervös.

„Ach, das war bestimmt nur ein Eichhörnchen oder so. Im Wald ist doch immer was los.“ Er lächelte aufmunternd.

„Ja, du hast bestimmt recht.“ Elisa nickte erleichtert.

„Schlafenszeit!“, verkündete Miss Cornfield, nachdem sie Mütze verabschiedet hatte, und alle nickten.

Oliver und Elisa wünschten sich eine Gute Nacht. Die Kinder trabten zu ihren Hütten. Endlich konnten sie es sich richtig gemütlich machen!

Alle mit magischen Tieren freuten sich darauf, mit ihren Gefährten zu kuscheln. Auch die anderen machten es sich bequem. Elisa zog warme Socken und einen Jogginganzug an und rollte ihren Schlafsack aus. Schnell kehrte Ruhe ein.

Von ihrem Bett aus beobachtete Elisa die anderen Mädchen.

Ida las Rabbat ein Märchen vor, Cooper lag lang gestreckt auf Frankas Bauch. Leonie drückte sich ihr weiches Schlafpony an die Backe.
Mette-Maja kugelte vor Hatices Feldbett herum.
„Geht's dir gut?“, fragte Hatice ihre Robbe.
Sie zog ein paar Fisch-Leckerlis aus ihrem Rucksack.
Die Robbe schleckte über Hatices Hand.
„Danke, kleine Krabbe! Ich find's hier wunderbar“, sagte sie.
Elisa konnte die magischen Tiere nicht verstehen, aber sie sah auch so, wie gut sie sich mit ihren Gefährtinnen verstanden.
Sie verschränkte die Arme hinter ihrem Kopf und blickte zur Decke. Das war ein schöner Tag gewesen. Seit sie im Camp war, hatte sie nur ganz wenig an zu Hause gedacht. Die Wanderung durch den Wald, das Eichhörnchen, das ihr so einen Schreck eingejagt hatte, das leckere Abendessen mit ihren Klassenkameraden, es war einfach zu viel los gewesen …
Zum ersten Mal seit Tagen schlief sie ohne Grübeln ein.

Mitten in der Nacht schreckte Elisa auf.
In einer Ecke raschelte es.
Mäuse?
Das Blockhaus hatte Fenster, aber keine Vorhänge. Im Schein des Mondes sah Elisa, dass Polly, der Flamingo, im Stehen schlief. Ein Bein war hochgezogen, den Kopf hatte Polly unter ihr Gefieder gesteckt.
Helene schnarchte vor sich hin, Karajan tigerte unruhig hin und her. Er ging nach draußen. Vielleicht, um sein Geschäftchen zu erledigen.
Die Mädchen hatten vor dem Einschlafen besprochen, dass sie die Tür einen Spalt offen lassen würden. So konnten die Tiere problemlos rein und raus. Angst hatte niemand. Schließlich hatten sie magische Tiere als Beschützer!
Karajan kehrte zurück und hüpfte auf Helenes Feldbett. Elisa seufzte.
Sie warf einen Blick auf ihre Armbanduhr und stellte fest, dass es Mitternacht war. Genau um diese Zeit hatte sie Marvin vor drei Tagen ertappt.

Mitternacht, die Zeit der Diebe!
Ob er gerade wieder durch die Wohnung strich und nach Geld suchte? Elisa spürte, dass sie so schnell nicht wieder einschlafen konnte. Zu viele Gedanken schossen kreuz und quer durch ihren Kopf.
Sie stand auf, packte ihren Schlafsack und schlich nach draußen.

Rund um den Lagerplatz standen noch immer die Liegestühle. Niemand hatte daran gedacht, sie aufzuräumen.
Als Elisa näher herankam, zuckte sie zusammen. Da saß jemand!
Dieser Jemand hatte einen Lockenkopf und eine Decke um die Schultern. Es war – Miss Cornfield!
Elisa wollte leise weitergehen, aber Miss Cornfield hatte sie bereits entdeckt.
„Elisa!“ Sie winkte das Mädchen heran. „Kannst du nicht schlafen?“
„Ich war auf dem Weg zum Klo“, flüsterte Elisa.
Miss Cornfield lächelte. „Mit Schlafsack?“

Die Lehrerin deutete auf den Liegestuhl neben sich. Elisa nahm Platz. Brr, draußen war es kälter als erwartet. Sie zog sich den Schlafsack über Bauch, Beine und Po.

Miss Cornfield hatte ihre Lehne etwas zurückgestellt. So konnte sie gut in den Himmel gucken.

„Ich liebe diese stillen Nächte." Die Lehrerin drehte sich zu Elisa. „In der Stadt ist es oft zu hell, um die Sterne zu sehen."

„Der Mond ist auch schön", wisperte Elisa und blickte ebenfalls nach oben.

Plötzlich kam es Elisa vor, als säße sie in einem Theatersaal und jemand führte nur für sie und Miss Cornfield ein Schauspiel auf.

Sterne leuchteten hell und klar, ein Flugzeug schob sich durch die schwarze Nacht. In der Ferne heulte ein Tier.

Eine Weile sagten sie gar nichts. Elisa war es nicht gewohnt, mit ihrer Lehrerin allein zu sein, schon gar nicht mitten in der Nacht.

Doch je länger sie so zusammensaßen, desto gemütlicher wurde es in dem kuscheligen Schlafsack. Elisa wippte in ihrem Stuhl hin und her.

„Oh, eine Sternschnuppe!", rief Miss Cornfield plötzlich.

Elisa rieb sich die Nase. Sie hatte sie auch gesehen!

Miss Cornfield nickte Elisa zu. „Hattest du genug Zeit, um dir was zu wünschen?"

„Ja!", antwortete Elisa. „Ich habe mir gewünscht, dass …"

„Psst", machte Miss Cornfield. „Nicht verraten!"

Elisa nickte. „Und Sie? Haben Sie sich auch etwas gewünscht?"

Die Lehrerin nestelte an ihrem Amulett. „Ja!" Sie zog sich die Decke eng um die Schultern. „Man darf seine Träume nicht aufgeben! Niemals, Elisa!"

Der Wind strich sanft durch die Bäume.
„Was meinst du, wirst du jetzt einschlafen können?“
Miss Cornfield stand auf und legte die Hand auf Elisas Schulter.
Elisa nickte. „Ich glaube schon.“
Die Lehrerin begleitete Elisa zum Blockhaus.
„Gute Nacht! Träum was Schönes!“
„Gute Nacht, Miss Cornfield! Bis morgen!“
Und tatsächlich: Elisa schlief ein und träumte vom wilden, wilden Wald. Ein Stern führte sie zu einer Lichtung, die größer war als die, auf der sie heute gewesen waren. Hier wuchsen Farne, irgendwo gab es eine Höhle. Elisa legte sich ins Moos …
… und wachte erst wieder auf, als Lotti fröhlich zum Frühstück rief.

7. Kapitel

Beerenjagd

Auf dem Speiseplan stand Müsli, die Beeren dazu sollten die Kinder selbst pflücken. Lotti verteilte kleine Schüsseln. „Ich bin gespannt, wie viele unterschiedliche Sorten ihr findet!"

Während der Beerenjagd nahmen die Wassertiere ein Bad im Froschweiher, Helene verschwand mit Karajan im Waschraum: „Wir müssen Haare und Fell föhnen! Katinka, bringst du mir süße Walderdbeeren mit?"

„Mach ich!", antwortete Katinka.

Elisa trug einen alten, abgewetzten Arbeitsoverall. Oliver kam ihr gerade aus der Blockhütte entgegen. Elisa winkte. „Morgen! Wir sollen Beeren fürs Frühstück sammeln. Kommst du mit?"
„Klar! Du siehst aber fröhlich aus." Oliver gähnte und strubbelte sich durch seine abstehenden Haare.
„Kann sein ..." Elisa lächelte verträumt. „Hast du gut geschlafen?"
„Ich sag nur so viel: Entweder schnarcht Rick oder Silas hat ein echtes Problem mit seiner Nase!"
Fröhlich stapften sie in der frischen Morgenluft durch den Wald.
Miss Cornfield nutzte den Ausflug für eine kleine Lektion in Tierkunde. „Wenn man den Kopf nach unten richtet, sieht man noch mal ganz andere Dinge", verkündete die Lehrerin und blickte zurück zu ihren Schülern.
Flatsch!
„Oje." Miss Cornfield schaute auf ihre Schuhe. Sie war mitten in einen Haufen kleiner brauner Kügelchen gestapft. Schnell wischte sie die Schuhsohlen im Gras ab.

„Hupsi-pupsi!“, flüsterte Caspar in Anna-Lenas Ohr und sie kicherten.
Stammten die Stinkedinger von einem Wildhasen? Oder einem Wildschwein? Rick schnüffelte und schüttelte angewidert seinen grünen Krokodilkopf.
„Dem Tier, das diesen Haufen gemacht hat, möchte ich lieber nicht begegnen!“, raunte er Madonna zu, die neben Anthony durch das Gras flitzte. Das Meerschweinchen quiekte zustimmend.
Elisa schaute nach unten und entdeckte viele Spuren im weichen Waldboden. Tapser in verschiedenen Größen und Abständen führten durchs Gebüsch. Einige gehörten zu Rabbat, andere zu Leander. Aber es waren auch fremde Pfoten dabei.
„Schau mal, Himbeeren!“ Oliver deutete nach vorn.
„Oh ja! Lecker!“ Sie machten ihre Schüssel voll.
Als sie zurückkamen, waren die Tische reichlich gedeckt mit Frühstücksflocken, Joghurt und Milch. Lotti staunte, wie viel Hunger die Kinder hatten. Sie konnte ja nicht ahnen, dass Henry seine Portion mit einem Leoparden teilte und Yannik seine mit einem Schimpansen!

Mit reichlicher Verspätung erschienen Helene und Karajan. Helene, frisch gestylt, trug in den Händen ein Schälchen mit aufgeschäumtem Joghurt. „Karajans Katzencappuccino!“

Katinka schob Helene eine Schale mit Früchten hin. „Hier, ich hab dir etwas aufgehoben.“

„Merci!“, miaute Karajan.

Nach dem Frühstück verteilte Otto Werkzeug, Holz und Baupläne für die beiden Futterkrippen. Die Vorarbeit würden sie im Camp machen, den Aufbau dann im Wald.

„Bitte Helm und Handschuhe anziehen“, bat ihr Betreuer.

Die Kinder maßen und markierten eifrig und auch Elisa hatte sich eine Latte geschnappt.

„Mädchen gegen Jungs?“, fragte Jo in die Runde. „Gilt das noch?“

Einige fanden den Vorschlag super, Yannik und Silas zum Beispiel. Auch Ida, Franka und Katinka überlegten sofort, wie sie Extrapunkte einheimsen könnten. „Wir bauen eine Spezialklappe für kleinere Tiere!“, raunten sie sich zu.

Anderen war es komplett egal, dazu gehörten Elisa, Schoki und Hatice.

Richtig dagegen war niemand.

„Dann gilt's?“ Jo ging auf Ida zu und streckte ihr die Faust entgegen.

Ida grinste. „Wir werden es euch nicht leicht machen!“

Ihre Fäuste prallten gegeneinander und Ida übernahm sofort die Leitung ihrer Gruppe.

Jo führte die Jungsgruppe an.

„Wie wäre es, wenn Miss Cornfield Schiedsrichterin wird?“, fragte Ida laut in die Runde.

Miss Cornfield lächelte. „Oh, das ist eine Ehre! Aber ich glaube, Otto versteht mehr von Futterkrippen als ich. Er sollte entscheiden.“

„Na klar, mache ich gerne!“ Otto strahlte und stemmte die Hände in die Seiten.

Elisa holte sich einen Zollstock. Sie hielt noch immer ihre Latte in der Hand. Was sollte sie jetzt noch mal genau machen? Erst mal messen!

Sie linste hinüber zu Schoki, der zusammen mit

Benni dabei war, eine Querleiste durchzusägen. Die zwei waren ein lustiges Paar. Schoki trug wie immer seine ausgeleierte Strickmütze, Benni seinen altmodischen Strickpullunder. Sie waren so unterschiedlich und doch beste Freunde. Helene schimpfte vor sich hin, während sie versuchte, eine Holzlatte zu zersägen. „So ruiniere ich mir doch meine neuen Jeans!“

Elisa seufzte. Helene waren Klamotten genauso wichtig wie Marvin. Warum?

Gestern Nacht hatte sie kurz überlegt, Miss Cornfield ihr Herz auszuschütten.

Aber dann hatte sie sich doch nicht getraut.

Hier ging es um ihre Familie und Miss Cornfield war immer noch ihre Lehrerin. Auch wenn Marvin zurzeit ein Mistkerl war, so liebte sie ihn doch heiß und innig. Die Vorstellung, dass Miss Cornfield schlecht von ihm denken könnte, fand sie schlimm. Marvin war trotz allem ihr Bruder!

Ida kam vorbei. „Na, Elisa, kommst du voran?“

„Ich weiß nicht so genau, was ich machen soll“, gestand Elisa.

„Warte, ich helfe dir! Guck mal, so …"
Und schon sägten die beiden Mädchen ratzfatz die Latte durch.

Nach einer ausgiebigen Mittagspause stellte sich Miss Cornfield vor die Tische und räusperte sich. „Alle mal herhören! Für den Nachmittag habt ihr die freie Wahl. Ich habe beim Mittagessen schon gemerkt, ihr wollt unbedingt eure Krippen weiterbauen. Das könnt ihr gerne machen. Aber ihr habt auch die Möglichkeit, mit Lotti leckeres Brot zu backen! Eure Entscheidung. Ich schaue überall vorbei und helfe euch. Viel Spaß!"
Sofort verzogen sich ein paar der Mädchen auf die linke Seite der Wiese neben dem Camp, einige Jungen auf die rechte.
Beide Gruppen achteten darauf, dass die anderen nicht mitbekamen, was sie ausheckten. Denn jetzt ging es um die Spezialanfertigungen, die sie sich für ihre Krippen überlegten!
„Wir könnten eine Nachfüllbox für Haselnüsse einbauen!", schlug Ronja vor. „Für Eichhörnchen,

die nicht mehr wissen, wo sie ihre Nüsse verbuddelt haben!“

„Geniale Idee“, lobte Ida. Franka begann sofort, einen Plan zu zeichnen. Ihnen fiel noch so viel ein …

Aber die Jungen waren auch nicht schlecht.

„Wenn wir einen Wassertrog mit Temperatursensor einbauen, gefriert das Wasser nicht und die Tiere haben auch im Winter was zu trinken!“, überlegte Max, der Professor.

„Und wie willst du das Wasser warm halten?“, erkundigte sich Jo.

„Mir fällt schon was ein!“, versprach Max und holte aus der Blockhütte ein paar Zeitschriften. „Da habe ich doch neulich was gelesen …“

Die Tiere halfen den Kindern, so gut sie konnten. Peperoni steuerte Ideen für eine Kartoffelkiste bei. „Die könnt ihr seitlich hinhängen, die Wildschweine werden begeistert sein!“ Das Pinselohrschwein wollte sofort losgaloppieren, um aus der Küche ein paar Kartoffeln zu stibitzen, aber Schoki hielt ihn zurück. „Die brauchen wir noch fürs Lagerfeuer! Die Kisten füllen wir später. Aber gute Idee!“

Cooper schlug ein Versorgungsfach für Mäuse vor. „Wie wäre es mit einem Geheimgang? Getreidekörner schmecken mega!“ Alle notierten fleißig ihre Vorschläge.

Rick, Juri, Mette-Maja und Polly vertrieben sich solange die Zeit am Froschweiher.
„Es ist wirklich schön hier im Camp“, schwärmte Polly und tauchte kurz unter.
„Nur manchmal riecht es komisch!“ Rick schnüffelte. „So streng!“
„Das bist doch du!“, neckte ihn Juri, wurde aber kurz darauf wieder ernst. „Beim Beerensammeln ist mir etwas Seltsames aufgefallen: Es war total windstill, trotzdem haben in einer Ecke ständig die Zweige gewackelt!“ Er starrte in den Wald und hauchte: „Gespenster!“
„Gespenster, die stinken, gibt es nicht!“, lachte Mette-Maja und machte einen Kopfsprung.
Juri wackelte mit seinem Kopf. Er war sich da nicht so sicher.

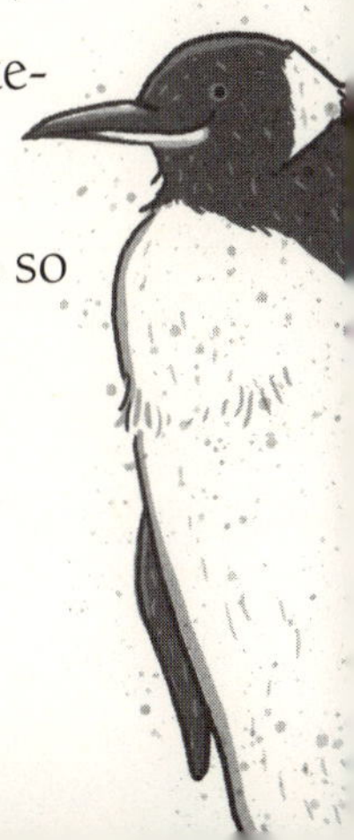

Als die magischen Tiere zurück zur Bastelwiese kamen, hatten die Kinder ihre Sachen bereits weggeräumt und wollten gerade zum Aufenthaltsraum schlendern.
„Die Streben für das Heu sind ein bisschen schief geworden!“, raunte Hatice ihrer magischen Gefährtin zu. „Ansonsten lief es spitze!“
„Morgen machen wir weiter!“ Jo und Silas klatschten sich ab. „Die Mädchen schlagen wir locker!“, setzte Jo selbstbewusst hinzu. Juri und Silas nickten eifrig.
„Hmm, was riecht denn hier so gut?“ Ricks Magen grummelte laut. Sie trippelten Richtung Brotbackofen, wo Benni und Anna-Lena gerade selbst gebackenes Brot vom heißen Blech lösten.
„Ta-da!“, verkündeten sie. „Selbst geknetet und selbst gewürzt!“
Es duftete verführerisch, nur leider war es zum Essen noch zu heiß.
„Kurze Pause“, verkündete Miss Cornfield. „Ihr wart heute wirklich fleißig! Im Aufenthaltsraum findet

ihr Obst und Joghurts. Um sieben treffen wir uns zu einem kleinen Abendspaziergang. Wir wollen mal sehen, was der Wald in der Dämmerung zu bieten hat!“

„Juhuerich!“, freute sich Eugenia, die Fledermaus.

8. Kapitel

Koala zu verleihen!

Um kurz nach sieben machte sich die Klasse auf den Weg. Miss Cornfield trug einen dicken Rucksack. Vögel zwitscherten, ein Eichhörnchen kreuzte ihren Weg.

Elisa und Oliver marschierten hintereinanderher.

In der Ferne heulte ein Tier.

„Ich hab gar nicht gewusst, dass es hier Elche gibt!“, witzelte Oliver.

„Oder es war ein Hund!“, überlegte Elisa.

„Wuuuf! Wuuuf!“ Oliver hechelte wie ein Golden Retriever.

Elisa lachte. „Nein, das hörte sich eher so an …“ Sie legte die Hände um ihren Mund und machte: „Huuuhuuuu!“

Oliver guckte erstaunt. „Du bist ja richtig gut!“

Da kam ein Heulen zurück.

Elisa und Oliver wechselten einen Blick.

„Das war jetzt aber komisch!“, fand Elisa.

Oliver nickte. „Komm, wir gehen schnell weiter!“ Er beeilte sich, zu Ida aufzuschließen.

Über ihnen rauschte Muriel durch den Wald, dicht gefolgt von Eddies Fledermaus.

„Fangt mich docherich“, piepste Eugenia und verschwand in einer Baumhöhle. „Hier findet mich keinerich!“

Aber Rabbat war flink, er steckte seine Schnauze in das Loch. „Hab dich, Batman!“

Tingo und Sydney hangelten sich von Ast zu Ast. Peperoni und Toffi buddelten in der Erde.

Polly, Caspar, Henrietta und William balancierten über einen Baumstamm, der quer über dem Weg lag.

Irgendetwas raschelte im Unterholz links von ihnen.

Leander hob den Kopf und stellte die Ohren auf. „Ich geh mal jagen“, raunte er und sprang davon.

„Ich komm mit!“, rief Rabbat und hüpfte hinterher.

Henrietta und Caspar wechselten besorgte Blicke. Was ging hier vor sich?

Auch Elisa blickte den Tieren aufmerksam hinterher.

An der Lichtung forderte Miss Cornfield die Klasse auf, ganz still zu sein.

Das klappte nur halb, weil die Kinder erst nach und nach auf der Lichtung eintrudelten, und natürlich, weil die Tiere es einfach nicht schafften, ruhig zu sein.

Gerade tauchten Zack und Anthony, die Letzten, zwischen den Bäumen auf und traten auf die

Lichtung. „*Schubi-du-schubi-du!*“, sang Zeki, Zacks Stachelschwein.

„*Caramba!*“, stimmte Madonna mit ein.

Miss Cornfield guckte streng. „Psst! Wir machen hier eine kurze Pause und beobachten die Natur. Dafür muss es aber leise sein!“ Dann schüttelte sie Decken aus ihrem Rucksack, auf die sich die Kinder und Tiere legen durften.

Sie selbst zog ihren Samtmantel aus und bettete ihren Kopf darauf. So lauschten sie eine ganze Weile der heraufziehenden Nacht. Grillen zirpten. Irgendwo schrie ein Käuzchen.

Und dann, ganz plötzlich, zwitscherte jemand die Tonleiter rauf und runter.

Miss Cornfield lächelte. „Eine Nachtigall! Wie schön!“

Als der Gesang verstummt war, traute sich niemand, ein Wort zu sagen.

Pfff! Ein lauter Pups durchbrach die Stille und alle brachen in Gelächter aus. Peperoni guckte verlegen.

„Lasst uns zurückgehen!“, sagte Miss Cornfield, als die Kinder sich wieder beruhigt hatten.

In Zweierreihen wanderten sie ins Camp.
Diesmal waren alle leise. Eine zauberhafte Stimmung lag in der Luft.
„Schade", sagte Elisa, als die Hütten in Sicht kamen. „Ich hätte noch ewig weiterlaufen können. Im Wald gibt es so viele Geheimnisse! Am liebsten würde ich sie alle lösen! Wer ist dort zu Hause, worüber sprechen die Waldtiere, streiten sie sich manchmal oder treffen sie sich nachts zum Nüssesammeln …" Ihr Gesichtsausdruck wurde weich und träumerisch.
„Du bist eben ein Waldmädchen!" Oliver deutete auf ihre grünen Haarsträhnen. „Wenn du groß bist, wirst du Holzfällerin in Kanada. Oder Tierstimmen-Nachmacherin!"
Sie lächelte. „Keine schlechte Idee."

Zum Abendessen gab es Butterbrote von *ihrem* Brot.
„Boah, ist das lecker!", schmatzte Yannik und klopfte Benni einmal auf die Schulter.
„Danke", murmelte Benni verlegen und mümmelte glücklich an der knackigen Rinde.

Oliver zeigte Elisa ein Plakat, das an der Wand hing: „Guck mal! Junior-Ranger gesucht! Als Unterstützung und Helfer im Wald. Das wäre doch was für dich!"
Elisa legte den Kopf schief. „Wer weiß …?"
Sie tranken Tee und lauschten einer Gute-Nacht-Geschichte, die Miss Cornfield vorlas. Danach sangen sie gemeinsam *„Ade, zur guten Nacht!"* und als sie damit fertig waren, gähnte auch der letzte Waldentdecker.
„So, ab in die Waschräume. Morgen haben wir wieder viele schöne Sachen geplant, dafür müsst ihr fit sein!"
Die Lehrerin schickte die Klasse zu den Blockhütten und kurz darauf lagen alle in ihren Betten.

Elisa wälzte sich unruhig hin und her. Auch dieser Tag im Camp war richtig gut gewesen. Aber jetzt, in der stillen Blockhütte, kehrten die anderen Gedanken zurück. Die Gedanken an ihr Zuhause und das verschwundene Geld. Wie würde es am Freitag weitergehen? Sie drehte sich so heftig um, dass das Feldbett quietschte.

Ein Schatten huschte auf Elisa zu. Es war – Finja!
„Was machst du denn hier?“, murmelte Elisa überrascht. Sie setzte sich auf.
„Du bist so still in letzter Zeit.“ Finja legte Elisa eine Hand auf den Arm. „Ich weiß, wie das ist. Ich vermisse meine Mama auch. Es ist kaum auszuhalten, wenn alles anders ist, stimmt's?“
Elisa schüttelte hilflos den Kopf. Sie hatte kein Heimweh, ganz im Gegenteil. Aber wie sollte sie das Finja erklären?
Finja deutete quer durch den Raum. Zwei schwarze Augen strahlten in ihre Richtung.
„Zum Glück habe ich Sydney.“ Finja winkte ihrer Gefährtin zu. „Mit einem magischen Tier übersteht man jede einsame Nacht!“
„Hmm“, murmelte Elisa. „Aber was hilft mir das? Ich habe noch nicht mal eine Nachricht bekommen! Ich glaube, Mr. Morrison hat mich vergessen!“ Auf einmal prasselten ganz viele Gefühle auf sie ein: Sie hatte eine Wut im Bauch, weil sie Marvin nicht mehr vertrauen konnte! Sie war enttäuscht von ihrer Mutter, die nichts, aber auch gar nichts kapierte! Und sie

war sauer auf sich selbst, weil ihr der Mut fehlte, die Wahrheit zu sagen!
Plötzlich tropften Tränen über ihre Wangen, Elisa wischte sie erschrocken weg. Sie wollte nicht, dass jemand sah, wie traurig sie war!
„Ich hab eine Idee!“ Finja sprang auf. „Ich leih dir Sydney!“
Noch ehe Elisa antworten konnte, huschte Finja davon.
Und war auch schon zurück – mit Sydney im Arm!
„Elisa braucht dich. Tust du mir einen Gefallen und bleibst heute Nacht bei ihr?“
Das Koalamädchen riss erschrocken die Augen auf, ließ sich dann aber bereitwillig in Elisas Arme fallen.
„Danke!“ Zum Abschied drückte Finja Sydney einen Kuss auf die Stirn.
Elisa war überwältigt. „Bist du dir sicher, dass du ohne dein magisches Tier schlafen kannst?“, fragte sie vorsichtig.
„Aber natürlich!“, antwortete Finja mit leiser Stimme.
Der Koala hielt ganz still. Finja huschte davon.
Elisa drückte Sydney einmal kurz an sich. Sie spürte

sofort, wie der Koala verkrampfte. Vielleicht mussten sie sich erst einmal kennenlernen?

„Wie gefällt es dir im Camp?“, fragte Elisa vorsichtig. „Wie kommst du mit den anderen magischen Tieren klar?“

Sydney guckte sie mit großen Augen an.

Elisa wusste, dass magische Tiere die Menschensprache verstanden. Selbst sprechen konnten sie allerdings nur mit Mr. Morrison, den anderen magischen Tieren und ihren Gefährten.

Also musste sie Fragen stellen, die man mit „Ja“ oder „Nein“ beantworten konnte! Sydney könnte nicken oder den Kopf schütteln.

„Stammst du aus Australien?“, flüsterte Elisa.

Sydney bewegte sich nicht.

„Hat es heute geregnet?“

Der Koala machte keinen Mucks. So funktionierte das nicht. Elisa gab sich einen Ruck. Sie wusste, was zu tun war. Elisa nahm Sydney sanft in beide Hände. Vorsichtig bahnte sie sich einen Weg durch die Hütte und legte den Koala in Finjas Arme. „Danke, Finja, aber dein magisches Tier gehört zu dir.“

An Einschlafen war für Finja ohne Sydney nicht zu denken gewesen. „Danke!" Finja lächelte erleichtert. „Ich hab dich vermisst!" Sie drückte Sydney fest an sich.

Elisa konnte nicht zurück ins Bett. Sie schlüpfte nach draußen.

Sie musste keinen Blick auf die Uhr werfen, um zu wissen: Es war Mitternacht. Würde sie jetzt jedes Mal um diese Zeit aufwachen?

Sie kauerte sich mit dem Schlafsack in einen Liegestuhl und döste vor sich hin.

Miss Cornfield fand sie dort am nächsten Morgen und machte sich große, große Sorgen.

9. Kapitel

Post von zu Hause

Zum Frühstück gab es heißen Kakao und Marmeladenbrote – und eine Ankündigung von Miss Cornfield.

„Willi Wondraschek ist heute auf Heimweh-Mission! Am Nachmittag liefert er seine berühmten Käse- und Leberkäsesemmeln ins Camp!“, verriet Miss Cornfield. „Und, stellt euch vor, er bringt Briefe von zu Hause mit!“

„Wie toll!“ Finja gab Sydney einen Kuss.

Die Kinder begannen zu tuscheln.
„Beim letzten Elternabend haben wir vereinbart, dass jede Familie einen kleinen Gruß schicken soll", fuhr die Lehrerin fort. „Also habe ich unseren Hausmeister um Unterstützung gebeten."
Sie ließ den Blick über ihre Schützlinge schweifen.
Ida strahlte über beide Ohren, Schoki rief: „Opa Theodor schickt mir bestimmt neue Überlebenstipps!"
Anna-Lena lächelte still vor sich hin, Zack fuhr sich nervös durch sein strubbliges Haar. Seine Eltern lebten getrennt, wahrscheinlich überlegte er gerade, von wem er einen Brief bekommen würde.
Benni tauschte sich mit Eddie aus. „Vielleicht schickt mir meine Mama Butterkuchen!"
Und wie reagierte Elisa?
Miss Cornfield hatte gehofft, dass sich das Mädchen über die Ankündigung freuen würde, doch das Gegenteil war der Fall.
Elisa hatte die Hände zu Fäusten geballt.
Hatte sie Angst vor schlechten Nachrichten? Miss Cornfield zog nachdenklich eine Stricknadel aus dem Haar. Sie musste etwas unternehmen!

Am Vormittag arbeitete die Klasse weiter im Camp an ihren Futterkrippen. Wieder werkelten die Mädchen auf der linken, die Jungen auf der rechten Seite der Wiese. Beide Gruppen drehten einander den Rücken zu. So wollten sie verhindern, dass die gegnerische Mannschaft ihre Ideen klaute! Immerhin hatten Finja und Ronja gerade beschlossen, bei ihrer Futterkrippe eine Rutschbahn einzubauen. „Schließlich wollen die Tiere auch im Winter ihren Spaß haben!" Sie stellten sich vor, wie ein Waschbär und ein Dachs um die Wette rutschten, und glucksten los. „Wenn es gefriert, ist es eine Bobbahn – cool!"

Auf der anderen Seite steckte Yannik schon mal probehalber Heu in die Futterschale.

„Die Latten müssen zehn Zentimeter Abstand haben!" Max überprüfte die Maße. „Korrekt!"

Tingo zupfte die Halme wieder heraus und steckte sie sich auf den Kopf. „Jetzt habe ich eine Frisur wie Miss Cornfield", verkündete er und begann, wie eine Lehrerin zu sprechen. „Habt ihr auch brav eure

Hausaufgaben gemacht? Yannik, das gefällt mir gar nicht!"

Yannik bewarf Tingo mit einer ganzen Ladung Heu. Der schüttelte sich nur einmal und schwang sich sofort auf einen nahen Ast und streckte Yannik die Zunge raus. Die umstehenden Kinder lachten.

Zwischendurch schaute Otto vorbei. „Ihr seid ja schon ziemlich weit! Dann könnt ihr die Teile heute zur Lichtung bringen."

„Aber wir sind doch noch gar nicht fertig!", protestierte Franka.

„Eben. Die einzelnen Teile lassen sich einfacher transportieren. Fangt mit den größeren an!", schlug Otto vor. „Im Schuppen sind zwei Schubkarren!"

„Wettrennen!", johlte Silas und sauste zum Schuppen.

„Du verlierst!", lachte Jo und flitzte hinterher.

Kurz darauf kurvte Yannik johlend mit einem Stoffschimpansen durch die Gegend und alle machten sich auf den Weg.

Als die Letzten auf der Lichtung eintrudelten, schraubten Ida und Finja bereits die Seitenteile zusammen. Die Tiere tobten fröhlich herum und lobten ihre Kinder bei jeder Gelegenheit.
„Das Dach hat die perfekte Neigung für Purzelbäume!", quietschte Cooper und probierte es gleich mal aus.
„Verstecken spielen!", rief Henrietta und duckte sich hinter einem frisch aufgebauten Pfosten.
Peperoni buddelte fleißig in der Erde. „Wir müssen im Winter wiederkommen, Schoki!", jauchzte das Pinselohrschwein. „Und unsere geniale Vorrichtung für die Kartoffeln ausprobieren!"
„Pssst! Nicht den Mädchen verraten!" Schoki tätschelte Peperonis Bauch. „Sag bloß, dir fehlt es an irgendwas!"
„Nee, natürlich nicht!" Peperoni grunzte zufrieden.
Schoki holte ein Päckchen Trinkschokolade aus dem Rucksack und steckte zwei Trinkhalme in das Loch. Gemeinsam nuckelten sie das Päckchen leer.
Eddie steckte Heu zwischen die Stäbe – ob die Rehe es wohl mochten?
„Gute Ideerich!", zwitscherte Eugenia von oben.
Elisa saß etwas abseits unter einem Baum. Sie hatte

einige Bretter abgeschmirgelt, jetzt wollte sie kurz Pause machen. Sie erinnerte sich an ihren Traum aus der ersten Nacht. Sie war einem Stern zu einer großen Lichtung gefolgt. Dort hatte sie sich so geborgen gefühlt!
Elisa schaute sich um, alle waren beschäftigt. Sie konnte in ihrer Pause ja auch einen kleinen Spaziergang machen.
Elisa verschwand zum zweiten Mal im Unterholz. Es machte ihr nichts aus, dass es weder einen Weg gab noch eine Markierung. Wieder fühlte sie instinktiv, wohin sie gehen musste.
Was war das? An einem Zweig hing ein Büschel silbernes Fell, es glitzerte in der Sonne wie der Schmuck einer Elfenkönigin. Elisa zupfte ein paar der kurzen Haare ab und wickelte sie um ihren Ringfinger. Sie fühlte sich immer mehr wie ein Waldmädchen!
Elisa schaute auf ihren neuen Schmuck und lächelte.

Da fiel ihr auf dem Boden eine ungewöhnliche Spur auf. Elisa bückte sich.
Da! Schon wieder ein Knacken.
Doch anstatt aufzuschrecken, schloss Elisa ihre Augen.
Sie atmete tief ein.
Vorsichtig fuhr sie über das Fell an ihrem Finger. Was roch hier plötzlich so komisch?
Elisas Atem floss ganz ruhig.
Als sie ihre Lider wieder öffnete, blickte sie sich um.
Sie war allein. Elisa machte sich auf den Rückweg.

Als die Klasse ins Camp zurückkehrte, unterhielt sich Willi Wondraschek gerade mit Otto. Obwohl es noch heller Tag war, hatten die Männer ein Feuer entzündet. Neben dem Feuer war ein Tisch aufgebaut mit Semmeln, Ketchup, Senf, Geschirr, Besteck und Krügen voller Wasser. Wie immer stand ein Obstkorb bereit.
Am Rand des Camps parkte das Feuerwehrauto.
„Oh, Sie sind auch wieder mitgekommen!“ Miss Cornfield begrüßte Willis Freund Mütze, der

Wärmekisten mit Leberkäse aus dem Fahrzeug hievte. „Haben Sie den Weg diesmal gefunden?"
„Kein Problem!", antwortete Mütze und drückte der verdutzten Lehrerin die schwere Kiste in die Hand.
Die Kinder stellten sich artig in eine Reihe. Wie lecker das duftete!
Mütze schnitt den Leberkäse auf, Willi legte ihn zwischen zwei Semmelhälften. Die beiden waren ein eingespieltes Team.
„Kann ich bitte zwei Portionen haben?" Schoki hielt seinen Teller hin. „Die frische Waldluft macht mich immer so unglaublich hungrig!"
„Für mich auch, bitte schön!" Ida war dran.
Franka wollte lieber Käse haben. „Sie dürfen gern noch eine Scheibe dazulegen!", meinte sie.
Mütze nickte überrascht. „Aber brav aufessen, ja?"
„Versprochen!", antwortete Franka.
„Ich möchte meine Scheiben extradünn", forderte Helene. „Haben Sie auch Mayo dabei?"
Mütze und Willi kamen kaum mit dem Aufschneiden hinterher.
„Bitte Nachschub!" Hoppla, Henry stellte sich schon

zum zweiten Mal an! Willi staunte. Hatte der Junge nicht schon vorher eine doppelte Portion verlangt?
„Ich könnte noch mal was vertragen!“, rief Ida.
„Jetzt aber mal langsam“, mahnten die Männer und säbelten für sich selbst drei dicke Stücke ab – bevor ihnen die Kinder alles wegfutterten.
Als die letzten Krümel verteilt waren, setzten sich alle zufrieden ans Feuer.
„So ein Leben könnte mir gefallen“, brummte Willi Wondraschek und biss herzhaft in seine Leberkäsesemmel. „Kein Direktor, kein dreckiger Pausenhof, kein Aquarium, um das ich mich kümmern muss. Herrlich!“
Er legte sein Essen auf den Teller und schleckte sich zufrieden die Finger ab.
Im selben Moment flog eine Fledermaus vorbei und schnappte sich sein letztes Stückchen Leberkäse.
Eddie sprang erschrocken auf.
„Ich hatte noch so Hungerich!“, gestand Eugenia und futterte drauflos. Willi Wondraschek kratzte sich am Kopf. „Na so was!“, knurrte er. „Die Waldtiere werden auch immer zutraulicher.“

Als der Hausmeister und sein Kumpel sich wieder auf den Heimweg gemacht hatten, verteilte Miss Cornfield die Briefe von zu Hause.

„Hallo, Schnuffel!“, schrieben Herr und Frau Schubert an ihren Sohn Benni. „Wie gefällt es dir in der Wildnis? Zieh immer schön deinen Teddybären-Schlafanzug an, damit du keinen Schnupfen bekommst! Am Freitag gibt es Butterkuchen!“

„Liebe Ida“, schrieben Herr und Frau Kronenberg. „Gestern ist was Lustiges passiert. Wir haben dein Zimmer durchgelüftet, plötzlich saß ein Streifenhörnchen auf dem Fensterbrett! Kannst du dir das vorstellen? Ein echtes Streifenhörnchen!!! Was es nicht alles gibt! Bis bald, kleiner Hase, wir haben dich lieb!“

„Lieber Olli!“, schrieb Olivers Mutter. „Ich gebe am Wochenende ein Konzert! Ich springe für einen

Pianisten ein, der krank geworden ist. Chopin und Beethoven. Ist das nicht toll!? Ich freu mich auf dich! Küsschen!"

„Hi Tonny", schrieb Anthonys kleine Schwester Laura. *„Die Mersweinchen haben schon wider Junge bekommen. Jetzt habe ich 42 Stück. Ich lese ihnen grade das zwülfte Kapitel von Drache Fox und die Kleine Prinzessin vor. Ich glaube, die Geschichte gefellt ihnen. Liebe Grüüße, Laura"*

„Hallo, Elisa", schrieb Paola Bergeramo. *„Ich hoffe, dir geht es gut. Leider habe ich keine guten Neuigkeiten. Es ist schon wieder Geld verschwunden. Vielleicht muss ich doch die Polizei einschalten. Ich weiß einfach nicht, was ich machen soll. Ich wollte mich mit Marvin beraten, aber der ist ja nie da. Und wenn er da ist, knallt er mit den Türen. Du fehlst mir, komm bald nach Hause!"*

Miss Cornfield beobachtete die Kinder, während sie ihre Briefe lasen. Manche lasen leise, manche lasen laut. Anna-Lena hielt stolz eine Zeichnung in die Luft, anscheinend hatten ihre kleinen Geschwister ein Bild für sie gemalt. Zack zeigte Eddie seine Post, beide prusteten los. Elisa las ihren Brief nur ein einziges Mal durch. Dann stand sie auf und stapfte zum Lagerfeuer. Sie zerriss den Brief in kleine Stücke und sah grimmig zu, wie die Schnipsel in den Flammen loderten.

10. Kapitel

In der magischen Zoohandlung

Mortimer Morrison stand in der Turmgasse in der Küche und kratzte sich am Kopf. Irgendwie hatte er sich die Heimkehr anders vorgestellt! Langsam wanderte sein Blick durch die Wohnküche.
Das dreckige Geschirr stapelte sich in der Spüle, der Teppich war voller Krümel.
Im Kühlschrank roch es nach ranziger Milch und gammligem Gemüse.
Immerhin: Die Tiere hatten ihn sehnsüchtig erwartet.

Die Wattwürmer sangen, falsch wie immer, ein Begrüßungslied: *„Hallo, hallo, schön, dass du da bist!"*

„Willkommen, Boss!" Murphy stapfte die Treppe herunter und breitete seine dicken Arme aus.

Agent Y krabbelte am Stuhlbein hoch. „Mary hat sich rührend um uns gekümmert!" Die Spinne deutete auf ein Schälchen Himbeersirup. Das Tischtuch war übersät mit Flecken.

„Und wir kümmern uns um dich, ta-taaaa!" Die zwölf Erdmännchen schossen aus der Speisekammer und zauberten hinter ihrem Rücken einen Kuchen hervor.

„Oh, Zitronenkuchen!", lachte Mortimer und schon waren die dreckigen Teller vergessen.

Murphy schlug Sahne, Mortimer wischte den Tisch ab. Die Erdmännchen stellten das Geschirr hin, fehlte nur noch eine große Kanne Tee.

Geschafft!

Alle nahmen Platz und Mortimer war einfach nur glücklich.

Es war herrlich gewesen in Borneo, aber in der Turmgasse war es auch schön. Im Kreis seiner Tiere fühlte sich Mortimer Morrison am allerwohlsten.

Der Flugfrosch und der Nashornvogel sahen sich neugierig um. Die beiden Tiere gehörten, wie der Koboldmaki, zu den Neuzugängen.
„Hier werden wir also wohnen?“, fragte der Frosch.
„Nur, bis ihr zu euren Gefährten kommt“, zwitscherte Pinkie. „Falls Mortimer und Mary jemanden für euch finden.“
Der Eisbär verteilte Kuchen und gab überall einen Klecks Sahne dazu. Jetzt, wo sie in der magischen Zoohandlung wieder komplett waren, schmeckte das Essen gleich viel besser!
„Stellt euch vor, ich habe gegen fünf Affen gekämpft!“ Pinkie plusterte stolz ihr Gefieder auf.
„Und wer hat gewonnen?“, wollte Murphy wissen.
„Sag ich nicht“, antwortete die Elster frech.
Mortimer beobachtete den neuen Koboldmaki.
Er hatte, im Gegensatz zu dem Flugfrosch und dem Nashornvogel, immer noch nichts gesagt. Und keine Miene verzogen, als die Wattwürmer gesungen hatten.
War er ein magisches Tier oder nicht?
Mortimer war gerade dabei, frischen Tee aufzubrühen, als das Telefon klingelte.

„Mary!", rief er glücklich in den Hörer. „Wie geht es dir? Gut, sagst du? Ja, ich bin heil heimgekommen. Borneo war toll!"
Er lauschte und nach einer Weile nickte er.
„Klar komme ich dich besuchen! Wo liegt es denn, euer Wildnis-Camp?"
Er sah sich suchend um.
Schon kam Pinkie mit einem Bleistift angeflattert. „Hier, Boss!"
Während Pinkie den Neuankömmlingen mit wichtiger Miene erzählte, welche Aufgaben sie als Mortimers Assistentin zu erledigen hatte, schrieb der Inhaber der magischen Zoohandlung eifrig mit.
„Raus aus der Stadt, den Fluss entlang, dann rechts abbiegen." Der Stift flog übers Papier. „Ja, die Mühle kenne ich. Da bin ich mit Pinkie schon gewesen …"
Pinkie verbeugte sich stolz in die Runde.
Mortimer schmunzelte. Da nahm sich jemand gerade aber sehr wichtig!
Doch dann wurde Mortimers Miene plötzlich ernst. „Es gibt Probleme?"
In der Küche wurde es mucksmäuschenstill.

„Ein magisches Tier?“ Mortimer setzte sich. „Für Elisa? Was ist denn los mit ihr?“

Während er Marys Ausführungen lauschte, wanderte sein Blick durch die Küche. Und blieb an dem Koboldmaki hängen. Das Tier sah teilnahmslos aus dem Fenster. Seinen Kuchen hatten sich längst die Erdmännchen geschnappt.

„Ich weiß nicht, Mary“, sagte Mortimer zögernd. „Darüber muss ich nachdenken. Ich melde mich!“

Er legte auf.

Die anderen Tiere kamen nicht dazu, nachzufragen, worum es ging, denn im selben Moment begannen die Erdmännchen eine Kissenschlacht.

Sie zupften die Kissen vom Küchensofa und von den Stühlen und schleuderten sie durch die Luft. Anscheinend liebten alle Kinder und Tiere auf der Welt dieses Spiel!

„Pinkie ist wieder da, hurra!“

Die Elster wich aus, das Kissen landete – *zack!* – am Kopf des Koboldmakis. Ohnmächtig kippte er nach hinten.

Mortimer sprang erschrocken auf.

Als ein zweites Erdmännchen Wasser auf den Maki spritzte, wachte er wieder auf. Er blinzelte – und griff nach dem nächstbesten Wurfgeschoss.

Pff! Ein herrenloser Hausschuh klatschte gegen Murphys Bauch.

„Schluss jetzt!“, rief Mortimer und musste doch lachen: Endlich schien der Koboldmaki aufzutauen.

11. Kapitel

Kribbeln im Bauch

Während Mr. Morrison in der Turmgasse die Küche aufräumte, machte sich Miss Cornfields Klasse bereit für die Nachtwanderung.

„Schon wieder Wald!“ Hatice wurde es langsam zu viel. Sie tätschelte Mette-Maja, die lieber ein Bad genommen hätte.

Max schnürte seine Schuhe. „Was hast du erwartet im Wildnis-Camp?“

Elisa schlüpfte in ihren Parka, Franka zog einen lila Pulli an und Silas zurrte seine Stirnlampe fest. Kurz bevor es losging, schob Schoki sich noch schnell eine Tafel Schokolade in seine Jacke.

„So, Abmarsch. Hat jeder eine Taschenlampe?" Miss Cornfield versammelte die Kinder um sich. „Sehr gut! Später gibt es dann Stockbrot am Lagerfeuer."

Jo sorgte dafür, dass die Wassertiere noch schnell in den Froschteich hüpfen durften, danach watschelten und trippelten auch sie fröhlich neben ihren Kindern den Pfad entlang.

„Das war cool von dir!" Hatice nickte Jo dankbar zu.

Jo lächelte. „Juri will auch lieber planschen als wandern!" Er schaukelte den nassen Pinguin zärtlich in seinen Armen.

Elisa pflückte im Vorbeigehen eine Himbeere und schob sie sich in den Mund. Wieso hatte ihre Mutter ihr diesen Brief geschrieben? Wieso konnte sie nicht wie andere Mütter einfach liebe Grüße schicken und einen Smiley danebenmalen?

Rabbat tobte durchs Unterholz, William hopste vergnügt über einen Strauch. „Sieben Meter, neuer Weltrekord!“
Henrietta streckte ihr Köpfchen aus Bennis Hosentasche. „Nicht übel, gar nicht übel“, rief sie fröhlich.
Ida, Benni, Anna-Lena und Schoki freuten sich schon auf die Stunden am Lagerfeuer.
„Was gibt es wohl zum Stockbrot dazu?“, fragte Anna-Lena.
„Hoffentlich Schokoladencreme!“, rief Schoki.
Allen lief das Wasser im Mund zusammen.
Die Klasse kam zu ihrer Lichtung, wo tatsächlich ein Reh an Eddies Heubüschel knabberte.
„Unser Projekt funktioniert super“, freute sich Jo. „Morgen bauen wir noch mehr Extras ein!“ Er linste hinüber zu Ida, die aufgeregt mit Helene tuschelte.
„Eigentlich darf man um diese Jahreszeit keine Tiere füttern“, wusste Max. „Das ist nur erlaubt, wenn der Boden gefroren ist.“

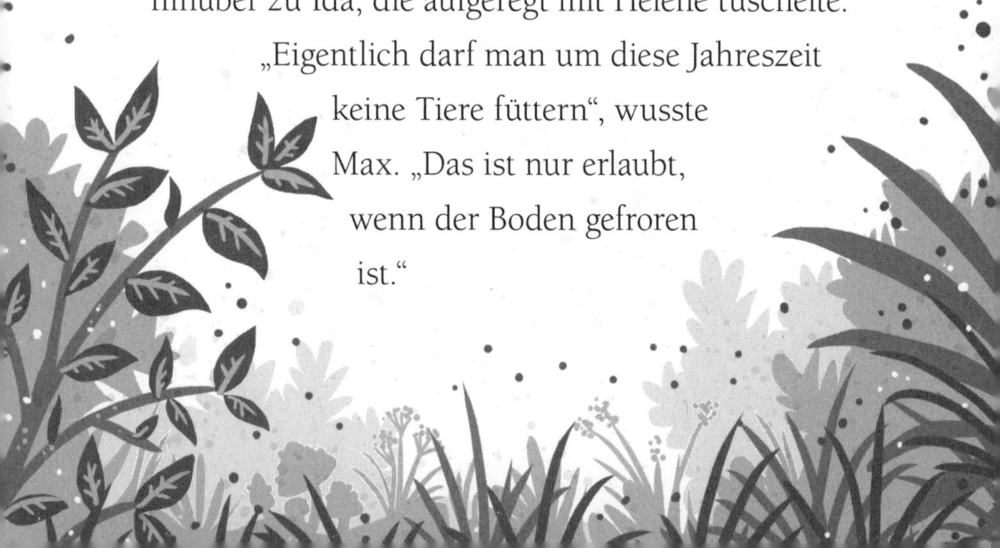

„Oje, oje, oje!“, sorgte sich Muriel.

Durch die Kinder aufgeschreckt, sprang das Reh davon. „Anscheinend ist es nicht magisch!“ Oliver zwinkerte Elisa zu.

Elisa hob die Hände. „Wer weiß!“

Sie hörte nicht richtig zu, wie automatisch suchte sie die Umgebung ab. Glitzerte am Zweig ein silberner Faden? Und wieder war da dieser Geruch!

„Wir müssen im Wald ganz leise sein“, ermahnte Miss Cornfield die Kinder.

„Wir versuchen es ja“, antwortete Max – und stolperte im selben Moment über einen Ast.

Es knackste laut und die Kinder konnten sich ein Lachen nicht verkneifen.

Ein paar Minuten später flatterte ein Vogel auf.

„Wieso sind denn alle Tiere so unruhigerich!“, wunderte sich Eugenia. „Vor uns müssten sie keineriche Angst haben!“

Da, ein seltsames Geräusch!

Eugenia schoss nach unten und entdeckte – nichts!

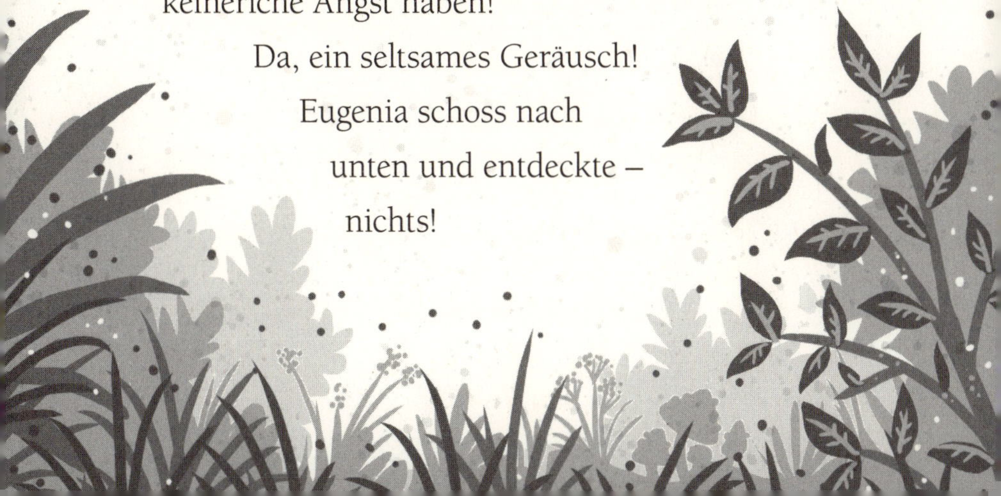

„Komischerich!“, zwitscherte sie Muriel zu. „Irgendetwas ist komischerich!“

„Oje, oje, oje! Vielleicht sollte ich auch noch mal Ausschau halten.“ Die Eule startete einen Aufklärungsflug und kam schon bald darauf zurück.

„Ich glaube, irgendjemand folgt uns!“, stieß sie hervor. „Ich sehe aber nichts!“

Max kratzte sich am Kopf. „Wer soll das denn sein? Otto vielleicht?“

Die Eule schüttelte den Kopf. „Ich glaube nicht, dass es ein Mensch ist. Eher ein Tier.“

Während Eugenia und Muriel weiter durch die Luft segelten, blieben die anderen Tiere dicht bei ihren Kindern. Auch Rabbat wich nicht von Idas Seite. Seine Pfoten kribbelten, er konnte aber nicht sagen, warum. Leander schien es ähnlich zu gehen. Er schloss zu Rabbat auf. „Irgendetwas stimmt hier nicht“, knurrte er. „Wir müssen die Umgebung absuchen. Kommst du mit?“

Rabbat blickte zu Ida, die eilig den Weg entlangstapfte. „Später!“, antwortete er.

Leander nickte und kehrte zu Henry zurück.
Die Kinder liefen an knorrigen Eichen vorbei, Wildschweine hatten riesige Matschlöcher in die Erde gegraben. Elisa guckte immer wieder nach links und nach rechts. Es kam ihr vor, als wäre jemand an ihrer Seite. Angst hatte sie keine, im Gegenteil.

Sie erreichten ein Fichtenwäldchen, das eingezäunt war.

Der Weg wurde so schmal, dass die Kinder und Tiere eng nebeneinanderher laufen mussten.

„Sind alle 19 Tiere da?“, fragte Miss Cornfield fürsorglich. „Madonna? Cooper? Eugenia?“

„Hier!“ – „Hier!“ – „Hier!“, tönte es aus verschiedenen Ecken.

Miss Cornfield konnte die Tiere nicht verstehen. Erst als ihre Gefährten die Antworten wiederholten, war sie zufrieden. Fast.

„Henrietta? Wo steckst du, du kleine Schildkröte?“

„In Bennis Hosentasche!“, piepste Henrietta.

„Übrigens: Ich bin nicht klein!“

Benni lächelte und übersetzte nur den ersten Teil der Antwort.

Die Dunkelheit brach herein.

Die Bäume wirkten auf einmal wie dunkle Riesen, die ihre Arme schwenkten.

„Ich glaube, ich fürchte mich ein bisschen“, flüsterte Finja.

Etwas streifte ihre Backe, sie schrie auf … „Nur ein paar Spinnweben“, sagte sie verlegen und wischte sich über die Wange.

„Vor Spinnweben darf man sich schon mal fürchten“, fand Sydney und schmiegte sich noch enger an ihre Gefährtin.

Plötzlich plumpste ein Eichhörnchen auf den Weg.

„Oh, ist das süß!“ Elisa ging in die Knie, weil sie es streicheln wollte. Das Hörnchen sprang davon.

„Wieder kein magisches Tier“, sagte Oliver enttäuscht.

„Du hast doch noch gar keine Nachricht gekriegt“,

erinnerte ihn Elisa. Es knackte im Gebüsch und Elisa starrte so intensiv in die Hecke, dass ihr ein wenig schummrig wurde. Als sie nichts mehr hörte, setzte sie sich wieder in Bewegung.

„Vielleicht geht es ja auch anders“, entgegnete Oliver. „Also, Jo hat erzählt …“

Er blieb so plötzlich stehen, dass Elisa in ihn hineinrumpelte.

„Da!“ Oliver zeigte nach rechts.

Funkelten im Gebüsch etwa Augen?

Sie wollte Oliver gerade fragen, was er gesehen hatte, als Miss Cornfield sie unterbrach.

„Elisa! Nicht trödeln, weiter, weiter! Wir müssen uns ein bisschen beeilen“, rief Miss Cornfield.

Der Moment war vorbei.

Plötzlich stand die Klasse auf einer Lichtung, die Elisa seltsam vertraut vorkam.

Inzwischen war es stockdunkel.

Silas funkte Morsezeichen in die Nacht – Miss Cornfield wies ihn an, die Lampe auszuknipsen.

„Wir werden auch ohne Stirnlampe genug sehen!“, versprach sie.
Und tatsächlich, ihre Augen gewöhnten sich an die Dunkelheit.
Über den Waldboden schlängelte sich eine Blindschleiche.
Die Kinder bildeten staunend einen Kreis. Miss Cornfield nutzte die Gelegenheit, um flüsternd einen kleinen Vortrag zu halten.
„Die Blindschleiche ist keine Schlange, sondern eine Eidechse ohne Beine.“
„Der lateinische Name ist Anguis fragilis“, ergänzte Max, der Professor.
„Ihre Leibspeise sind Regenwürmer“, wusste Ida.
Rabbat nickte Leander zu. „Jetzt?“ Der Leopard verstand sofort.
Die beiden Tiere verschwanden im Gestrüpp.
Elisa begann, mit dem silbernen Faden an ihrem Finger herumzuspielen. Sie spürte ein merkwürdiges Kribbeln im Bauch.
Langsam, ganz langsam, drehte sie sich um ihre eigene Achse.

Moos, Farne, Höhle – plötzlich wusste sie, woher sie die Szene kannte: Sie hatte davon geträumt! Das war die Lichtung mit der Höhle! Elisa reckte die Nase und blickte nach oben. Eine Sternschnuppe sauste durch den Nachthimmel und verglühte genau vor ihren Augen.

„Bitte, bitte", wisperte sie. Das war schon ihre zweite Sternschnuppe in dieser Woche. Das musste doch etwas bedeuten.

Niemand außer ihr hatte sie gesehen und auf einmal war sich Elisa sicher, dass alles gut werden würde.

Miss Cornfield beendete ihren Vortrag mit der Mahnung, niemals Müll in den Wald zu werfen.

Elisa lehnte sich an einen Baum. Sie schmiegte ihre Handflächen an die warme Rinde und tauchte weg in eine andere Welt. Eine Welt, in der sie im Wald lebte, umgeben von Natur und Tieren …

12. Kapitel

Konferenz der Tiere

Nach der Wanderung versammelten sich die Kinder am Lagerfeuer. Lotti hatte Teig für Stockbrot vorbereitet.

Während die Kinder Teigschlangen um ihre Stöcke wickelten, schickte Leander eine Botschaft an alle Tiere.

„Wir treffen uns am Froschweiher!“, flüsterte er Juri zu. „Ohne Kinder!“

Die Nachricht wanderte von einem Tier zum nächsten.

„Hat jemand eine Idee, was wir den Kindern erzählen könnten?“ Peperoni scharrte mit den Hufen.
„Ich!“, rief Polly.
Und schon stakste die Flamingodame zu Katinka.
„Du, Katinka! Ich hab mein Handtäschchen am Froschweiher liegen lassen! Darf ich es holen?“
Katinka sprang auf. „Ich begleite dich!“
„Nicht nötig!“, antwortete Polly und zwinkerte den anderen zu. „Die anderen wollen mitkommen, dann können wir am Weiher noch ein bisschen spielen vor dem Schlafengehen. Ohne dass Otto und Lotti uns sehen.“
„Klar, macht das.“ Katinka streichelte ihre Gefährtin.
Zur Verblüffung der Kinder machten sich plötzlich *alle* Tiere auf den Weg. Katinka erklärte die Lage.
„Gute Idee!“, meinte Ida.
Und so verschwanden die Tiere in der Dunkelheit.

Die magischen Tiere setzten sich vor dem Froschweiher in einen Kreis. Das Wasser funkelte im Mondlicht.
Platsch! Schon war Rick weggetaucht.

Und *flatsch!*, *patsch!* waren Mette-Maja und Juri hinterhergehüpft. „Wir hören vom Ufer aus zu!“, rief Rick. „Was gibt’s denn?“

Leander wurde ernst. Er trat in die Mitte. „Wir müssen reden! Was habt ihr im Wald gesehen? Also, Rabbat und ich …“

„Cool, Mann! Wie eine Konferenz der Tiere!“ Cooper machte einen Salto.

Leander räusperte sich. „Eine was?“

„Na, eine Konferenz. Wie in dem Buch!“

„Von mir aus. Dann eben eine Konferenz. Hiermit eröffne ich die Konferenz der Tiere!“, sagte Leander mit tiefer Stimme.

Cooper zwinkerte ihm zu und flüsterte: „Yeah, Mann!“

„Bevor Rabbat und ich euch erzählen, was wir entdeckt haben, will ich wissen, ob euch etwas aufgefallen ist!“

Peperoni hob seine Hufe. „Ich habe im Gebüsch ein Rascheln gehört“, schnaubte er.

„Zunächst dachte ich, es ist ein kleines Tier. Ich spurtete los, um es zu jagen. Da war aber nichts!"

„Da warerich ein Knistern", piepste Eugenia.

Toffi kläffte los: „Ich habe einen schwarzen, riesigen Schatten gesehen!"

„Tatsächlich?" Rabbat scharrte unruhig mit den Pfoten.

„Gesehen habe isch nischts!", fiel Karajan ihm ins Wort. „Aber bei mir haben sisch alle Haare aufgestellt! Schlechtes Zeichen, sehr schlechtes Zeichen!"

„Mir kam es den ganzen Tag so vor, als würde uns jemand verfolgen!", knarzte Muriel. „Oje, oje, oje! Ich habe von oben alles abgesucht. Die Waldtiere waren ganz durcheinander, leider habe ich nicht herausgefunden, warum!"

„Sehr interessant!" Leander nickte in die Runde. „Das deckt sich mit meinen Beobachtungen." Die Tiere rückten näher zusammen.

„Besonders heftig war es an der zweiten Lichtung", fand Leander. „Ich hatte plötzlich einen strengen Geruch in der Nase." Er nickte in Richtung Froschteich, wo die Wassertiere die Konferenz noch

immer für eine Abkühlung nutzten. „Rick war es nicht!"
„Also echt", schnaubte das Krokodil. Rick war es langsam leid, dass alle Stinkewitze auf seine Kosten gingen!
Rabbat mischte sich ein. „Leander und ich haben das Gestrüpp abgesucht, während Miss Cornfield ihren Vortrag gehalten hat. Ich bin mir ziemlich sicher, dass auf der Lichtung ein Raubtier war! Es wohnt vielleicht in der Höhle. Mein Fuchsinstinkt rief: Weglaufen! Mein Menscheninstinkt riet mir: Schnell zu Ida!"
Polly stakste nervös im Kreis herum. „Heißt das, wir werden verfolgt?"
„Von einem Raubtier?", fragte Sydney mit wackeliger Stimme.
Leander und Rabbat nickten beide gleichzeitig. „Genau das heißt es!"
„Vielleicht ist im Wald ein Elch unterwegs!" Madonnas Barthaare zitterten.
„Die wohnen eher in Norwegen", beruhigte sie Rabbat. „Aber du hast recht, kleine Kartoffel. Wenn dich so ein Elch auf die Schaufel nimmt, hast du nichts zu lachen."

Stille trat ein. Nur die Wellen im Froschteich platschten sanft an das Ufer.
In der Gruppe breitete sich Unbehagen aus. „Mir gefällt das nicht“, knurrte Leander. „Der Herr im Wald bin ich. Der schwarze Schatten hätte Angst haben müssen.“
„Wer würde es wagen, so dicht an uns heranzukommen?“, warf Rabbat ein. „Wir sind stark, wir sind schlau, wir sind viele. Irgendwelche Vorschläge, was wir unternehmen könnten?“
„Wir müssen in Zukunft zusammenbleiben“, rief Madonna.
„Ich fliege ab soforterich nur noch mit einem Bodyguard herumerich“, kündigte Eugenia an. „Muriel, bleibst du bei mirerich?“ Muriel flog herbei.
Die Tiere murmelten, quiekten und miauten wild durcheinander. Niemand hörte das zarte Räuspern einer kleinen Schildkröte.
„Ich habe eine bessere Idee!“
Henrietta trat vor und stellte sich zwischen Leander und Rabbat.
„Wir sind 19 Tiere“, begann die Schildkröte.

„Der Schatten ist allein. Sollten wir nicht besser herauskriegen, mit wem wir es zu tun haben?“
Sie reckte ihr Köpfchen. „Ich würde mir das zutrauen. Ich liebe den Nachtwind, ich liebe Abenteuer! Allerdings bin ich, das gebe ich zu, ein bisschen langsam. Leander, wenn du so nett wärest und mich tragen würdest?“
Der Leopard starrte Henrietta überrascht an.
Henrietta hatte recht: Sie mussten handeln. Und zwar sofort!
Noch ein Winzling schnippte mit der Pfote:
Madonna!
„Wir müssen die Kinder beschützen!“, trompetete das Meerschweinchen. „Wir müssen zur Höhle! Rabbat, nimmst du mich auf den Rücken?“
Rabbat schnappte nach Luft.
Cooper sprang in die Mitte. „Ich bin klein und flink und ein toller Spion. Für mich ist auch noch Platz!“
„Die beste Spionin bin icherich!“, rief Eugenia.
„Ich bin dein Bodyguard, ich komme auch mit!“
Muriel schloss sich an.
Auf einmal änderte sich die Stimmung.

Gerade waren alle ängstlich und verzagt gewesen, jetzt fassten sie neuen Mut. Und dafür waren ausgerechnet die fünf kleinsten Tiere verantwortlich: eine Schildkröte, ein Meerschweinchen, eine Ratte, eine Fledermaus und die Eule.

Leander schämte sich und auch Rabbat wischte sich verlegen über die Schnauze. Die Winzlinge übertrumpften sie mit ihrer Abenteuerlust!

Der Leopard räusperte sich. „Ihr habt recht! Wir müssen etwas tun. Unsere Kinder beschützen. Es ist mir eine Ehre, Henrietta, dich und Cooper durch die Nacht zu tragen!“

Rabbat nickte Madonna freundlich zu. „Für dich gilt das Gleiche, kleine Kartoffel!“

„Wann wollen wir loserich?“, piepste Eugenia.

„Um Mitternacht“, entschied Leander. „Aber eine Sache sollten wir vorher noch klären. Weihen wir die Kinder ein?“

Die Tiere schüttelten fast gleichzeitig die Köpfe.

„Das ist viel zu gefährlich!“, rief Caspar. „Wir wissen nicht, mit wem wir es zu tun haben!“

„Die Kinder würden bestimmt mitkommen wollen!“

Rick stapfte ans Ufer. „Das gäbe ein Getöse im Wald! Dann kriegen wir den Schatten nie!"

Sie beschlossen, zwei Gruppen zu bilden.

Die sieben Abenteurer würden sich um Mitternacht auf den Weg machen.

Die zwölf anderen Tiere wollten im Camp bleiben.

Und dann sausten sie zurück zum Lagerfeuerplatz.

Nur Polly machte noch einen Umweg, um ihr Handtäschchen zu holen.

Sie schwenkte es stolz, bevor sie neben ihrer Gefährtin Platz nahm und sich mit knusprigem Stockbrot füttern ließ.

13. Kapitel

Angriff!

Die Kinder, Tiere und Miss Cornfield saßen noch lange zusammen und knabberten Stockbrot mit verschiedenen Aufstrichen: Schokocreme, Lachspastete, Kräuterbutter.

Als Abendlied sangen sie „*Der Mond ist aufgegangen*", immer wieder unterbrochen von lautem Gähnen.

„So, Kinder, ich glaube, es ist Zeit, sich in die Betten zu kuscheln. Es war ein langer Tag!" Miss Cornfield stand auf.

Selbst Yannik hatte nichts dagegen einzuwenden. Müde rieb er sich die Augen und trottete mit den anderen zu den Waschräumen. Nur Elisa blickte wehmütig zurück zum Lagerfeuer. Wie gern hätte sie die Nacht wieder draußen verbracht.

In den Hütten kuschelten die Kinder mit ihren magischen Tieren. Ida und Rabbat schmiegten sich eng aneinander.

„Gute Nacht, Rabbat!“

„Gute Nacht, Rotschopf!“

Finja kuschelte sich an ihr Koalamädchen, das nach Eukalyptusblättern duftete.

Die Kinder schliefen innerhalb weniger Minuten ein. Die frische Luft und die langen Fußmärsche waren ein wunderbares Schlafmittel.

Kaum jemand bekam mit, dass sich um kurz vor Mitternacht mehrere Tiere bereit machten für ein Abenteuer. Rabbat sprang so leise auf den Boden wie möglich. Er stellte die Ohren auf. Gut, Ida rührte sich nicht. Rabbat huschte zur Tür.

Elisa wälzte sich herum und sah gerade noch, wie Cooper Rabbat hinterherflitzte.

Wo wollten die beiden hin?
Ein Blick auf den Wecker verriet Elisa, dass es kurz vor Mitternacht war.
Sie warf sich den Parka über, schlüpfte in ihre Schuhe und ging nach draußen.
Immer mehr Tiere strömten am Lagerfeuerplatz zusammen. Elisa zählte leise mit: „Leander, Rabbat, Henrietta, Cooper, Madonna, Muriel und Eugenia. Sieben Tiere!"
Leander und Rabbat machten sich klein, damit Cooper, Henrietta und Madonna auf ihre Rücken klettern konnten. Muriel und Eugenia schwangen sich in die Luft.
Dann setzten Leander und Rabbat leise eine Pfote vor die andere. Die beiden Wildtiere waren hervorragende Schleicher!
Aber Elisa war auch gut! Sie hatte beschlossen, den Tieren zu folgen, und wusste fast instinktiv, wohin sie ihre Schritte setzen musste.
Die Tiere nahmen eine bekannte Strecke: am Froschweiher vorbei zur Lichtung mit den Futterkrippen. Nebel lag über der Wiese.

Sie erreichten die knorrigen Eichen mit den Wildschweinlöchern. Dahinter lag das Fichtenwäldchen, das eingezäunt war.
Der Weg sah anders aus als vor ein paar Stunden.
Es kam Elisa vor, als würden die Bäume enger zusammenstehen und die Baumkronen höher in den Himmel ragen.
Über einen Trampelpfad erreichten sie die zweite Lichtung. Es war die mit der Höhle. Elisa versteckte sich hinter einem Baum.
Henrietta schnuffelte. „Hier stinkt's!"
„Dann sind wir richtig", knurrte Leander.
Auf einem Felsen wuchsen Kiefern, die aussahen wie Vogelscheuchen.
„Gehen wir zusammen rein?" Leander und Rabbat musterten den Höhleneingang.
„Stopperich!" Eugenia kam angeschossen. „Das isterich mein Joberich! Wenn sich jemand in Höhlen auskennterich, dann bin das icherich!"
Muriel flatterte hinterher. „Ich bin ihr Bodyguard", krächzte sie. „Ich komme mit!"
Die anderen Tiere waren einverstanden. „Wir

bewachen den Eingang. An uns kommt kein Schatten vorbei!"
Sie stellten sich vor die Höhle.
„Viel Glück!", riefen sie den Flattertieren hinterher, die mutig allein weiterflogen.

Das Herz der Fledermaus klopfte.
Normalerweise mochte sie Höhlen.
Sie mochte den modrigen Geruch, die Kälte und sie mochte es sogar, wenn es von der Decke tropfte.
Aber hier gefiel es ihr ganz und gar nicht. An einer Wand, gleich am Eingang, klebten silberne Haarbüschel. Jemand hatte sich am Fels gerieben.
Es stank nach alten Knochen und vergammeltem Futter.
Eugenia und Muriel beschlossen, an der Decke entlangzufliegen. So fühlten sie sich sicherer.
„Kannst du waserich sehen?", fragte Eugenia die Eule.
„Noch nicht!", krächzte Muriel.
Irgendwo, ganz fern, schnaufte jemand ein und aus.
Meter um Meter suchten sie die Höhle ab. „Hoffentlich

wohnterich da kein Dinosaurierich!“ Eugenia klapperte mit ihren winzigen Fledermauszähnen.
„Die sind doch schon ausgestor…!“ Die Antwort blieb der Eule im Hals stecken.
Ein Tier schoss unter ihnen vorbei. Das war kein schwarzer Schatten! Das war ein silberner Pfeil!
Eugenia nahm blitzschnell die Verfolgung auf.
„Rabbat! Leander!“, fiepte sie.
Auch Muriel gab Gas. „Henrietta! Madonna! Cooper!“, kreischte sie. „Aufgepasst!“
Eule und Fledermaus waren schnell.
Aber niemand war so schnell wie der Silberpfeil!

Das Höhlentier schien genau zu wissen, wo es hinwollte: Zum Ausgang! Leander und Rabbat stellten sich tapfer in den Weg, doch der Silberpfeil sprang einfach über sie hinüber.
Elisa hatte gehört, dass irgendetwas passiert war. Sie trat einen Schritt hinter ihrem Versteck hervor, da sah sie es: Ein Tier rannte auf sie zu! Es beschleunigte, die Pfoten berührten kaum den Boden.

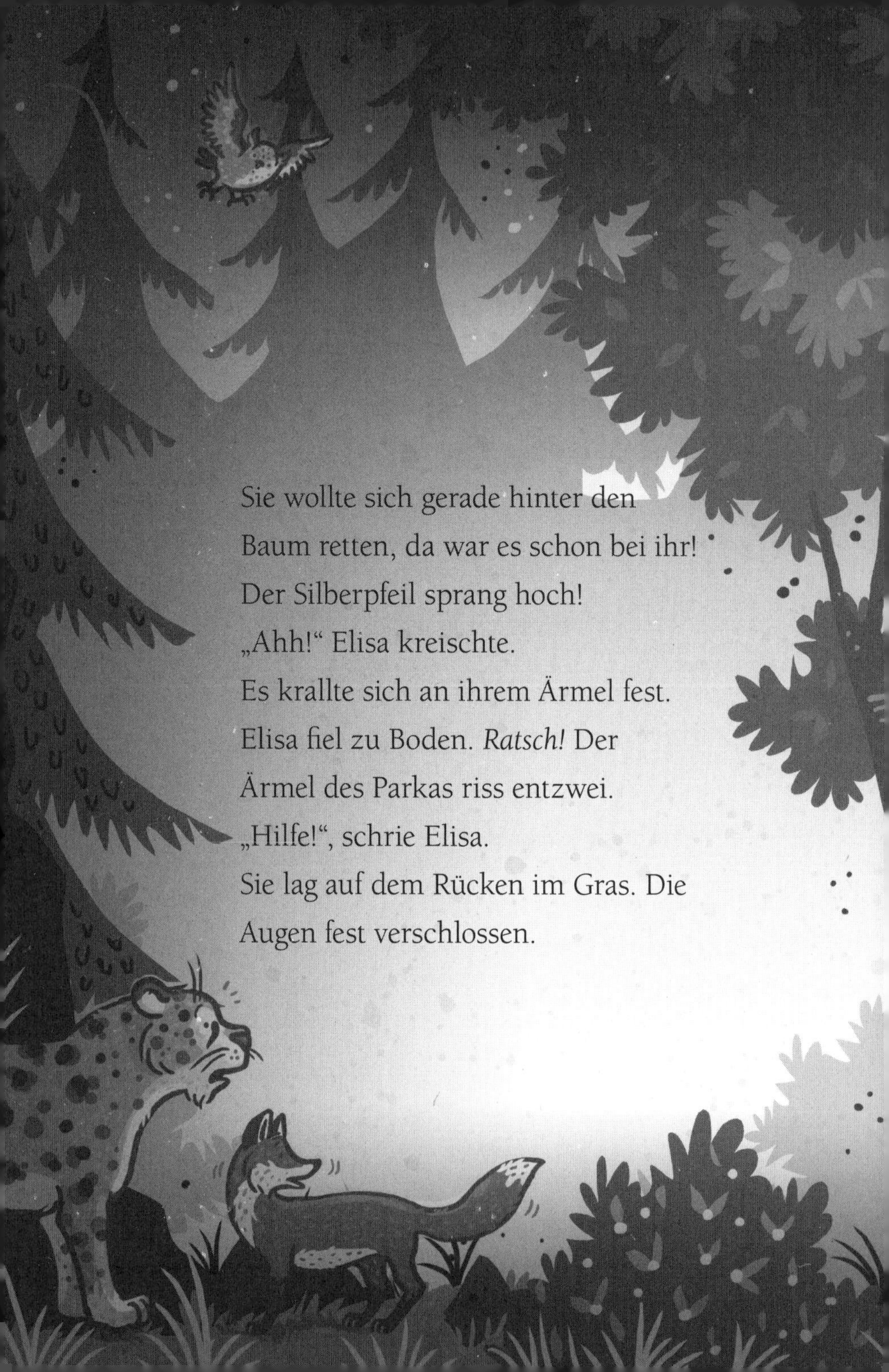

Sie wollte sich gerade hinter den Baum retten, da war es schon bei ihr! Der Silberpfeil sprang hoch!

„Ahh!“ Elisa kreischte.

Es krallte sich an ihrem Ärmel fest. Elisa fiel zu Boden. *Ratsch!* Der Ärmel des Parkas riss entzwei.

„Hilfe!“, schrie Elisa.

Sie lag auf dem Rücken im Gras. Die Augen fest verschlossen.

In dem Moment kamen Leander und Rabbat angepest. Sie zwickten den Schatten in den Hinterlauf und zerrten ihn weg. Elisa rappelte sich hoch. Ihre Augen weiteten sich. Was sie sah, war wunderschön. Ein Wolf stand im Mondlicht. Die Augen funkelten.

Doch bevor Elisa verstehen konnte, was passierte, brach ein Kampf aus.
Drei Tiere verkeilten sich ineinander. Pfoten flogen nach links und nach rechts, trafen Bäuche, Backen, Beine. Der Silberpfeil war stark. Er löste sich aus der Umklammerung von Leander und Rabbat und knurrte laut.
Elisa stand mit offenem Mund daneben. Sollte sie dazwischengehen?
„Lauf!", brüllten Rabbat und Leander. „Lauf, Elisa! Lauf zurück ins Camp!"
Elisa konnte die Tiere nicht verstehen.
Doch sie sah die spitzen Zähne, die weit aufgerissenen Augen und blutenden Wunden. Sie verstand ihre Körpersprache.
„Wir können dich nicht mehr lange beschützen", rief Rabbat und stieß seine Schnauze gegen Elisas Bein. „Was machst du überhaupt hier? Wieso bist du uns gefolgt?"
Elisa zögerte. Sie wollte nicht weg!
Der Wolf war das schönste und eleganteste Tier, das sie je gesehen hatte. Ihre Augen trafen sich und Elisa

spürte einen Blick voller Sehnsucht und Traurigkeit. Aber sie spürte auch Kraft und Wut!
Der Wolf kam näher. Wollte er wieder an ihr hochspringen? Elisa wich ängstlich zurück.
Leander und Rabbat stellten sich schnell dazwischen. „Lauf!“ Die Tiere deuteten mit den Pfoten zu den Bäumen. „Lauf zurück ins Camp!“
Endlich drehte sich Elisa um. Sie blinzelte. Die Bäume bildeten eine undurchdringbare Wand. Sie hatte keine Ahnung, wohin sie laufen sollte! Sie hatte komplett die Orientierung verloren!
Cooper kam angeflitzt.
Die Ratte machte Männchen, reckte ihre Nase – auf einmal wusste Elisa, wohin sie laufen musste.
Ihre Füße, die sich gerade noch angefühlt hatten, als wären sie am Boden festgenagelt, setzten sich in Bewegung.
Zusammen mit Cooper sauste sie durch den Wald. Sie rannten an der eingezäunten Stelle vorbei, den Eichen mit den Wildschweinlöchern, der Lichtung mit den Futterkrippen – und erreichten völlig außer Atem das Camp.

„Danke, Cooper!“, stieß Elisa hervor. Sie ging in die Knie, um die Ratte zu streicheln. „Danke, dass du mir den Weg gezeigt hast.“

Elisa setzte sich in einen Liegestuhl. Cooper nahm sie auf ihren Schoß. Sie musste wieder zu Atem kommen. Und nachdenken.

Was genau war gerade passiert?

Plötzlich begann Cooper, unruhig zu fiepen.

„Möchtest du zu Franka?“, fragte Elisa. Cooper nickte.

„Na also“, freute sich Elisa. „Ich kann mich doch mit magischen Tieren verständigen. Wenigstens ein bisschen.“

Sie setzte die gefleckte Ratte zurück ins Gras. Sofort flitzte Cooper zur Blockhütte der Mädchen.

Elisa lehnte sich im Liegestuhl zurück. Über ihr funkelten die Sterne.

Sie war total durcheinander.

Was war auf der Lichtung passiert? Sie tastete vorsichtig ihren Körper ab. Alles tat weh. Kam das von dem Angriff oder der körperlichen Anstrengung? Sie war so schnell gerannt wie noch nie in ihrem Leben.

Elisa versuchte, sich an den Blick zu erinnern. Dieser Blick.

Waren das die Augen, die sie aus dem Gebüsch angestarrt hatten?

14. Kapitel

Der Schatten

Leander und Rabbat umrundeten das Höhlentier. Der Schatten hatte einige kräftige Kratzer abbekommen – Rabbat und Leander bluteten nur ein bisschen. Sie leckten über ihre Wunden, danach war nichts mehr zu sehen.

Die anderen magischen Tiere warteten in sicherer Entfernung.

Der Kampf war noch nicht vorbei.

Allerdings war Rabbat etwas aufgefallen: Die Pfoten

des Wolfes schnellten immer öfter ins Leere. Wenn Leander angriff, sprang der Wolf zur Seite, ohne zurückzukeilen.
„Seine Kampftaktik ist seltsam!“, rief Rabbat zu Leander herüber.
„Ja, als würde er sich zurückhalten!“, antwortete der Leopard und ließ den Wolf dabei nicht aus den Augen. Der lag auf dem Waldboden und keuchte.
„Wenn wir nur mit ihm reden könnten!“ Rabbat huschte nervös hin und her. „Das führt doch so zu nichts!“
„Reden?“ Der Schatten erhob sich. „Das kannst du haben! Kämpfen? Kann ich auch! Ich bin ein magisches Tier – so wie ihr!“
Leander und Rabbat machten einen Satz zur Seite. Eugenia und Muriel waren so verblüfft, dass sie fast in der Luft zusammenstießen.
Leander pirschte sich näher heran. Jetzt standen sich der Schatten und der Leopard direkt gegenüber.
„Wie bitte?“ Leander sah den Wolf herausfordernd an.
„Ich bin ein magisches Tier! So nennt ihr das wohl,

oder?“, wiederholte der Schatten mit tiefer, kratziger Stimme. „Übrigens bin ich eine Wölfin und heiße Silber!“

„Silber“, stotterte Madonna. „Der Silberpfeil heißt Silber.“

„Das passt ja!“, knarzte Muriel.

„Du sprichst unsere Sprache?“, staunte Rabbat. „Wie kann das sein?“

„Was weiß ich! Ich kann es eben!“, antwortete die Wölfin und reckte die Schnauze. Ob die Stimme so kratzig klang, weil ihr die Übung fehlte?

„Das weiß ich auch erst, seit ihr hier in meinem Wald aufgetaucht seid.“ Die Wölfin wetzte ihre Krallen an dem Baum, hinter dem Elisa sich versteckt hatte. Im Boden waren die Kampfspuren zu sehen.

„Du gibst es also zu“, knurrte Leander. „Du bist uns nachgeschlichen!“

„Spion, Spion, Spion!“, krächzte Muriel.

Henrietta schnappte nach Luft. „Du bist uns tatsächlich gefolgt! Das ist aber nicht nett!“

„Das ist mein Wald! Da mache ich, was ich will.“

Die Wölfin ließ sich wieder auf ihre vier Pfoten fallen.

„Ihr seid seltsam." Sie ging auf Henrietta zu, um sie neugierig zu beschnuppern.
„Was?" Rabbat stellte sich schützend vor Henrietta.
„Wieso sind wir seltsam?" Muriel und Eugenia flatterten näher heran. Sie wollten kein Wort verpassen!
„Ihr seid Tiere! Ihr redet mit Menschen! Ihr seid ein Rudel", schnaubte Silber. Ihre Pfote schnellte in die Luft. Muriel und Eugenia schossen zur Seite. Henrietta zog schnell ihr Köpfchen unter den Panzer.
„Plötzlich wart ihr überall! Überall diese fremden Tiere!" Silbers Stimme wurde immer aggressiver.
„In meinem Revier! Und dann bringt ihr auch noch Menschen mit!" Unvermittelt machte sie einen Satz nach vorne. „Menschen sind böse! Menschen wollen nichts Gutes. Wieso seid ihr mit ihnen zusammen?"
Madonna plumpste erschrocken auf ihren weichen Meerschweinchen-Popo. „Warum? Warum?", quiekte sie. „Weil wir Freunde sind!"
Plötzlich begannen Silbers Augen zu leuchten.
„Freunde? Was ist das? Kann ich die Freundin von diesem Mädchen sein? Mit den grünen Haaren und

den traurigen Augen. Das Mädchen und ich. Wir gehören zusammen! Elisa nennt ihr sie. Sie ist mein Waldmädchen."

Die Wölfin legte den Kopf in den Nacken und heulte.

Rabbat spannte seine Muskeln an. „Du hast Elisa angeknurrt! Du bist an ihr hochgesprungen! Freunde machen so was nicht!"

Silbers Stimme nahm einen bedrohlichen Unterton an. „Aber Wölfe machen so was! Ich will Elisa beschützen und ihr helfen! Sie braucht mich. Nehmt mich mit, dann beweise ich euch, dass wir zusammengehören! Bestimmt will sie bei mir wohnen! In meiner Höhle ist genug Platz für zwei!"

Die Tiere wechselten entsetzte Blicke.

„Das kommt überhaupt nicht in Frage!", rief Leander. „Nur Mr. Morrison weiß, ob du wirklich zu Elisa gehörst."

„Außerdem! Du willst eine Beschützerin sein?" Henrietta schob ihr Köpfchen hervor. „Seit drei Tagen spionierst du uns hinterher! Du hättest dich schon längst zu erkennen geben können. Das hast du aber nicht getan!"

Rabbat knurrte. „Genau! Wie sollen wir dir vertrauen? Und überhaupt, so funktioniert das nicht! Ein magisches Tier sucht sich seinen Gefährten nicht selbst aus!“

Das Funkeln in Silbers Augen erlosch. „Ach, nein?“ Silber setzte sich ins Gras. „Aber wie läuft es denn dann?“

„Mr. Morrison gehört die magische Zoohandlung“, erklärte Rabbat. „Er sammelt überall auf der Welt magische Tiere ein. Magische Tiere verlassen ihre Höhle. Sie ziehen in die Menschenwelt. Und wenn eins der Kinder in der Klasse Probleme hat, überlegt Mr. Morrison genau, welches Tier zu diesem Kind passt. Denn das wird eine Freundschaft fürs Leben! Wir begleiten unsere Kinder für immer! Das kann man nicht mal eben spontan beschließen, so wie du das machst!“

Leander traf eine Entscheidung: „Nur Mr. Morrison kann dir helfen. Wir geben dem Boss Bescheid und erzählen ihm, dass wir dich getroffen haben. Er wird wissen, was zu tun ist.“

„Was?“, brüllte Silber wütend. „Nein! Endlich ist da

jemand. Elisa. Endlich bin ich nicht mehr allein. Ich ziehe zu ihr! Elisa und ich gehören zusammen. Das könnt ihr mir nicht wieder wegnehmen!"

„Doch!", piepste Madonna mutig.

„Geh zurück in deine Höhle", knurrte Leander. „Wenn du zu unserer Gemeinschaft gehören willst, muss du dich an unsere Regeln halten!"

Rabbat senkte die Stimme. „Glaub ja nicht, du könntest uns verfolgen! Du musst immer 100 Schritte Abstand zu Elisa halten! Wir müssen wissen, dass sie und die anderen Kinder in Sicherheit sind. Bleib in deiner Höhle, okay? Wenn du bei den Menschen leben willst, musst du dich zusammenreißen. Versprichst du das?"

Verloren blickte die Wölfin in den Sternenhimmel. Der Mond leuchtete hell. „Versprochen!", presste Silber hervor.

Rabbat nickte. „Abmarsch, Freunde!"

Rabbat und Leander legten sich auf die Wiese, damit die kleinen Tiere auf ihre Rücken klettern konnten. Sie verschwanden im wilden, wilden Wald und Silber blieb allein auf der Lichtung zurück.

15. Kapitel

„Hier ist Tingo!“

Als die Kinder und ihre magischen Tiere am Donnerstagmorgen beim Frühstück in der gemütlichen Almhütte saßen, war die Stimmung merkwürdig angespannt.

Elisa war noch stiller als sonst. Sie hatte versucht, wach zu bleiben. Um zu sehen, wann die magischen Tiere zurück ins Camp kamen. Doch irgendwann war sie eingeschlafen und hatte wilde Träume gehabt.

Als Finja am Morgen wissen wollte, warum ihr Parka

zerrissen war, winkte sie nur ab: „Ich bin hingefallen, war nicht so schlimm."
Olli ließ sich nicht so leicht abwimmeln. Er setzte sich neben Elisa.
„Magst du?" Er schob ihr einen Erdbeerjoghurt rüber. „Der schmeckt lecker!"
Elisa überlegte, ob sie Oliver von ihrem verrückten nächtlichen Abenteuer erzählen sollte. Der Wolf hatte mit seinem intensiven Blick direkt in ihr Herz geschaut. Es fühlte sich an, als wären sie verwandte Seelen. Aber er war so wild, so unberechenbar!
Miss Cornfield beobachtete Elisa. Oliver war der Einzige, der an sie herankam. Die beiden wechselten immer wieder ein paar Worte, manchmal entwischte Elisa sogar ein Lächeln. Es war schön, Oliver in der Klasse zu haben! Er war ein toller Junge. So offen und witzig. Seine Freundschaft tat Elisa eindeutig gut.
Die Kinder kümmerten sich um den Abwasch. In der Küche hatten die Tiere nichts verloren – sie nutzten die Gelegenheit für ein erneutes Treffen am Froschteich. Auch Miss Cornfield hatte eigene Pläne. Sie verschwand in ihrem Schäferkarren.

Zum Glück ging Mortimer Morrison gleich ans Telefon.
„Was ist los, Bruderherz? Hast du mich vergessen?“, rief Mary in den Hörer. „Wann schickst du endlich deine Nachricht los? Ich muss Elisa nur ansehen und es zerreißt mir das Herz.“
Mary Cornfield bekam keine Antwort. Sie glaubte schon, dass die Verbindung zusammengebrochen war, dann meldete sich Mortimer doch.
„Tut mir leid, Mary“, antwortete Mortimer zerknirscht. „Ich bin alle meine Tiere durchgegangen. Vogelspinne, Streifenhörnchen, Biber, Schlange … keines der Tiere passt zu Elisa. Ich habe sogar Einzelgespräche geführt, vergebens. Niemand hier ist für Elisa bestimmt!“
Mit dieser Antwort hatte Mary nicht gerechnet. „Kannst du nicht trotzdem eine Nachricht schicken? Elisa braucht einen Hoffnungsschimmer! Was ist mit dem Maki, von dem du mir erzählt hast? Der spricht doch auch nicht! Das ist vielleicht ein Zeichen! Manchmal muss man auch zusammen schweigen können …“
„Hhmmm!“ Mortimer zögerte. „So funktioniert das

nicht, Mary, das weißt du doch. Aber … ich denke drüber nach!“
Dann legten sie beide auf.

Während die Kinder Küchendienst machten, eröffnete Leander die zweite Konferenz der Tiere.
„Es hat sich ja bereits herumgesprochen“, begann er, „dass wir gestern Nacht eine Wölfin namens Silber getroffen haben. Sie ist sehr gefährlich und behauptet, ein magisches Tier zu sein.“
Alle lauschten gespannt. Henrietta reckte ihren Hals nach vorn. „Wir müssen den Boss einschalten! Hat jemand eine Idee, wie wir das machen könnten?“
Aufgeregt quasselten alle durcheinander.
„Wir laufen zur magischen Zoohandlung!“, kläffte Toffi. „Gleich heute!“ Leander nickte bedächtig.
„Warüm rüfen wir nischt an?“, schlug Karajan vor. „Helene hat ihr Handy dabei! Es liegt in ihrer rosaroten Reisetasche. Isch könnte es holen!“
Die Tiere schwiegen verblüfft. Das war ein guter Vorschlag!

Allerdings hatte niemand von ihnen jemals ein Telefongespräch geführt!
„Kannst du denn den Hörer halten?“, fragte Leander.
Karajan schüttelte verlegen den Kopf.
Tingo streckte die Hand hoch. „Das kann doch nicht so schwer sein! Wer weiß Mortimers Telefonnummer?“
Sie überlegten. Die Erwachsenen tippten immer viele Ziffern hintereinander in das Kästchen. Woher sollten sie wissen, welche sie nehmen sollten?
Henrietta trippelte in die Mitte.
„Also, Mary wählt immer die 1“, erklärte sie. „Ich hab sie schon oft beobachtet! Sie drückt auf die 1, dann ist der Boss dran.“
„Das kann nicht sein“, schnarrte die Eule.
„Telefonnummern sind viel, viel länger!“
„Nicht, wenn man die Kurzwahl nimmt“, fuhr Henrietta fort. „Nummern, die man häufig braucht, kann man einspeichern. Mary hat das getan. Bei ihr steht die 1 für die magische Zoohandlung, die 2 für die Wintersteinschule, die 3 für irgendeine Nummer in Schottland …“
Die anderen staunten. „Henrietta, du bist so klug!“

Die Lösung lag zum Greifen nah! Sie mussten nur den Boss anrufen, der schaute sich Silber an und alles würde sich klären.
„Wie kommen wir an Marys Telefon?“, fragte Leander begeistert. „Freiwillige vor!“
Tingo schnippte mit den Fingern. „Mary hat das Ding meistens in ihrer Manteltasche!“
„Die ist bestimmt im Schäferkarren. Aber das macht nichts!“ Juri wackelte frech mit dem Schnabel. „Ich knacke jedes Schloss!“
Während die anderen Tiere am Froschteich blieben, zogen Tingo, Sydney und Juri ab zum Schäferkarren. Zu Juris großer Enttäuschung waren seine speziellen Fähigkeiten gar nicht gefragt.
Marys Mantel hing einfach über einem Liegestuhl! In der linken Tasche befanden sich einige Münzen und ein Taschentuch.
In der zweiten Tasche steckten ein kleiner Block, ein Bleistift – und das silberne Telefon!
Triumphierend zog es Sydney aus der Tasche.
„Bravo, bravissimo!“, lobte Tingo. Mit dem Handy in den Pfoten eilten sie zurück zum Teich, wo die

anderen Tiere gespannt auf sie warteten. Tingo drückte beherzt die 1 und hielt sich das Telefon an sein flauschiges Schimpansenohr.

„Ist noch genüg Akkü drin?“, fragte Karajan besorgt.

Tingo legte den Finger an den Mund. „Psst! Es klingelt am anderen Ende!“

Er setzte eine wichtige Miene auf.

Und dann war tatsächlich eine Stimme zu hören!

Tingo fiel vor Schreck das Telefon aus der Hand. Sydney fing es geschickt auf und reichte es Tingo mit einer kleinen Verbeugung.

„Ist da die magische Zoohandlung?“, rief Tingo nervös in den Hörer.

Jemand kreischte so laut, dass es auch die anderen Tiere hören konnten.

„Wer spricht denn da?“ Tingos Gesichtsausdruck wurde immer verwirrter.

Verschiedene Stimmen quasselten durcheinander.

„Die Erdmännchen sind dran!“, raunte Tingo den anderen zu. „Sie reden Quatsch!“

„Hier ist Tingo! Ich muss Mortimer sprechen. Es ist dringend!“

Wieder kam als Antwort sinnloses Gequietsche. Tingo schüttelte mit zunehmender Verzweiflung den Kopf.
„Er ist nicht zu Hause? Dann gebt mir Murphy!"
Wieder folgte eine Pause. Und ein nicht enden wollendes Stimmengewirr.
„Was, Murphy ist auch nicht da?" Tingo legte seine Stirn in Falten. „Er ist gerade zur Tür raus. Mit dem Boss beim Einkaufen? Das hat keinen Sinn."
Enttäuscht legte er auf. „Das war nix!"
Sie schlurften zum Camp und steckten das Telefon in Marys Manteltasche.
Keinen Moment zu früh!
Denn jetzt kamen die Kinder und Miss Cornfield zurück.

16. Kapitel

Nach rechts oder linkserich?

Für den Vormittag hatte die Lehrerin verschiedene Aufgaben und Spiele vorbereitet. Einige Kinder wurden mit Bestimmungsbuch und Becherlupe losgeschickt, um die Tier- und Pflanzenwelt zu erkunden. Max, der Professor, entdeckte tatsächlich den ockergelben Wasserschlauch!

Während die anderen Tiere überlegten, ob sie lieber Fangen oder Verstecken spielen wollten, steckten Muriel und Eugenia die Köpfe zusammen. Seit Muriel

Eugenias Bodyguard war, verstanden sich die beiden noch besser als sonst.
„Wie weit kommst du am Tag?“, wollte Muriel wissen.
„So weit ich willerich!“ Eugenia breitete die Flügel aus. „Ich binerich ein magisches Tier, ich habe Superkräfte!“ Zum Beweis flog sie in Höchstgeschwindigkeit einmal um den Schäferkarren. Eine zweite Runde hätte sie so schnell nicht mehr geschafft, aber das musste Muriel ja nicht erfahren.
Die Eule nickte anerkennend. „Wenn das so ist, dann habe ich eine Idee!“ Sie berieten sich kurz, dann flatterten sie zu den anderen magischen Tieren.
„Wir fliegen in die Stadt und besuchen Mortimer in der magischen Zoohandlung!“, verkündeten sie.
„Wehe, ihr futtert unser Mittagessen auf!“
Die anderen staunten: Das war ein mutiger Plan! Und er war toll!
Bis in die Stadt waren es nur neun Kilometer. Das war ein Klacks für die beiden!
Sie nickten Eugenia und Muriel anerkennend zu. „Das ist genial! Viel Glück!“

Sofort machten sich die beiden Flattertiere auf den Weg.
„Ich bin schnellericher als du!“, rief Eugenia.
Ihr Bodyguard nahm die Verfolgung auf.
Sie flogen den Waldweg entlang und erreichten den Fahrradweg. Eine Gruppe von Rennradfahrern schoss an ihnen vorbei. Zum Glück hatten sie die Köpfe so tief über ihre Lenker gebeugt, dass sie die Tiere nicht bemerkten.
„Wir brauchen mehr Höhenmeter!“, kommandierte Muriel.
Sie schraubten sich nach oben.
„Nach linkserich!“, quietschte Eugenia.
„Nach rechts!“, rief Muriel.
Sie erreichten eine Unterführung.
„Uh, lass unserich da durchfliegen!“
Bevor Muriel protestieren konnte, war Eugenia schon abgetaucht.
Plötzlich kam ihnen eine Rentnerhorde mit E-Bikes entgegen. Die Senioren brausten mit einem Affenzahn auf die Tiere zu.

„Uiii!“ Eugenia kreischte. Muriels Flügel streifte etwas.
„Pass doch auf, Cornelius!“, rief jemand.
„Immer diese Tauben!“, beschwerte sich eine Oma mit dicker Brille.

„Was ist los?“, brüllte ein Opa.

Bevor die Rentner wussten, was passiert war, hatten die magischen Tiere den Tunnel schon wieder verlassen.

„Wir kommen superich voran!“, rief Eugenia voll Abenteuerlust. „Ich bin schon so gespannterich auf Mortimers Gesicht!“ Übermütig machte sie einen Salto.

Muriel überholte die Fledermaus. „Hier entlang!“, krächzte sie. „Ich kann schon die Mühle sehen!“

Eugenia schwenkte wie ein Düsenjet nach rechts und sah sich um. Irgendwie hatte sie die Strecke anders in der Erinnerung.

Während die beiden Heldinnen auf dem Weg zu Mr. Morrison waren, spielte die Klasse mit Miss Cornfield „Bäumchen, wechsel dich".

Die Lehrerin markierte verschiedene Bäume mit roten Bändchen. „Der Fänger kommt in die Mitte, alle anderen stellen sich zu einem Baum!"

„Ich will der Fänger sein!", rief Toffi und schon ging es los.

Kinder und Tiere flitzten hin und her, während der Fänger eifrig „Bäumchen, wechsel dich" rief.

Dann mussten alle schnell ihre Plätze tauschen.

Das war besonders lustig, weil ja nicht alle Kinder alle Tiere verstehen konnten. Sie rannten einfach los, wenn alle losrannten.

Oder losschlichen?

Sogar Elisa hatte Spaß an dem Spiel! Olli lief auf sie zu, mit einem großen Büschel Gras in der Hand und

einem Grinsen im Gesicht. Elisa streckte ihm den Zeigefinger entgegen. „Wehe! Komm nicht näher! Bäumchen, wechsel dich!“, rief sie und rannte los. Am liebsten würde sie für immer im Wald bleiben!
„Nicht übel, gar nicht übel“, fand Henrietta und tauschte ihren Platz mit Caspar, dem Chamäleon. Jetzt war Rick der Fänger.
„Na wartet“, knurrte das Krokodil. „Bäumchen, wechsel dich!“
Er zwickte Tingo in den Po, wieder sausten alle los.

Muriel und Eugenia erreichten nach einer halben Stunde den Fluss.
„Oje, oje, oje!“, rief Muriel plötzlich.
„Was isterich?“, fragte Eugenia besorgt.
„Die Sonne steht auf der falschen Seite.“
In der Ferne erklangen Kirchenglocken. 11 Uhr schon! Um 12 Uhr gab es im Camp Mittagessen!
„Wir haben uns verflogen.“ Muriel ließ den Kopf sinken.
„Vielleicht sollten wirerich nur noch losziehen, wenn

es dunkel ist“, piepste Eugenia. „Da sind wir besserich drauf.“
Muriel putzte verlegen ihr Gefieder. Das war wirklich keine Meisterleistung gewesen! Aber Eugenia hatte recht: Sie waren nun mal Nachttiere.
„Ich glaube, wir müssen unsere Mission abbrechen.“
Muriel seufzte. „Hmm, du hast recht.“
Gemeinsam flogen sie zum Camp zurück. Und kamen pünktlich zum Mittagessen an.
Auch die Kinder strömten langsam aus allen Winkeln des Camps zusammen und so trafen sie sich an den großen Tischen.
„Wie ist es gelaufen?“ Rick gesellte sich als Erster zu den beiden Abenteurern.
„Schlecht“, gestand Muriel.
„Die Strecke war zu weiterich!“, sagte Eugenia zerknirscht. „Und der Weg war schwererich zu finden!“
„Ihr habt euch also verflogen!“, fasste Juri, der Pinguin, zusammen. „Ihr seid mir vielleicht ein paar Helden!“
Aber er zwinkerte dabei und legte Muriel einen Flügel um die Schulter. „Wir finden schon eine Lösung.“ Da

kam Lotti mit zwei Pfannen Käsenudeln. Sie stellte sie in die Mitte und wunderte sich mal wieder, wie viel Appetit alle hatten. Ida, Benni, Silas, Jo – so gut wie alle Kinder nahmen sich doppelte Portionen.
„So eine hungrige Klasse hatte ich noch nie", sagte sie, als sie zum fünften Mal Nachschub brachte. „Ihr habt Glück: Zum Nachtisch gibt es Bananenquark."
Das fanden Yannik und Tingo super!
Lotti wischte sich über die Augen. Hatte dieser Plüschaffe gerade seine Pfoten hochgerissen? Das konnte doch nicht sein! Als sie zum zweiten Mal hinguckte, saß der Affe wieder brav auf dem Schoß des Jungen.

Nach dem Mittagessen nahm die Lehrerin Elisa und Oliver zur Seite. „Morgen ist unser bunter Abend. Könnt ihr mir bitte helfen, Lieder und Spiele auszuwählen?"
Elisa zog überrascht die Brauen hoch. „Ja, klar. Können wir gerne machen, oder?"
Oliver nickte.

Das war nur ein Ablenkungsversuch der Lehrerin. In Wirklichkeit suchte sie nach einer Gelegenheit, mit Elisa zu sprechen. Wenn Oliver dabei war, würde es Elisa vielleicht leichter fallen, sich zu öffnen. Und zu erzählen, woher sie die Schrammen am Oberarm hatte!

Miss Cornfield verschwand mit den beiden Kindern im Schäferkarren, ihren Mantel ließ sie am Lagerfeuerplatz zurück.

Dort entdeckte ihn Sydney – und hatte einen Geistesblitz!

Aufgeregt eilte sie los, um Tingo zu suchen. Der Schimpanse war in der Küche, um Yannik beim Abtrocknen zu helfen. Von Lotti und Otto fehlte jede Spur.

„Komm mit, Tingo!", rief das Koalamädchen. „Wir rufen noch mal bei Mortimer an!" Sie zog Tingo hinter sich her. „Du bist doch jetzt Profi!"

Das Koalamädchen durchsuchte die linke Manteltasche, der Schimpanse die rechte.

Doch plötzlich stand Finja neben ihnen. „Was macht ihr denn da?"

Die beiden Tiere schreckten auf. Während Tingo verlegen den Mantel zurücklegte, schlug Sydney die Pfoten vors Gesicht. Die letzten Stunden hatten sie aufgewühlt. „Wir wollten nur helfen!“, schniefte sie. „Ich schwöre! Wegen Elisa und dem Angriff und …“ Tränen kullerten über Sydneys Wangen. „Es ist alles so schrecklich!“

Finja erschrak. Was war los?

Auch Tingo ließ traurig die Schultern hängen. Zum Glück war jetzt auch Yannik da. „Kann es sein, dass ihr uns etwas verheimlicht?“, fragte er in die Runde.

Tingo nickte verlegen.

„Geht es uns alle etwas an?“, wollte Yannik als Nächstes wissen.

Tingo nickte ein zweites Mal.

Yannik zögerte nicht lange. „Dann treffen wir uns gleich im Blockhaus der Jungen.“

Die Tiere schlichen kleinlaut vorneweg, Finja und Yannik gaben allen anderen Bescheid.

„Lagebesprechung!“, raunten sie einander zu. „Sehr wichtig!“

Die Kinder strömten zusammen und verteilten sich

auf Betten und Boden in der Blockhütte der Jungs. Alle warteten gespannt. Alle außer Elisa und Olli. Die saßen noch bei Miss Cornfield und blätterten „Der lustige Musikant“ durch.

17. Kapitel

Überraschung!

Ausgerechnet Finja musste in der Hütte für Ruhe sorgen. Sie hielt Sydney auf dem Schoß, die immer noch weinte. Die anderen quasselten miteinander oder warfen sich sorgenvolle Blicke zu.

„Alle mal herhören!" Finja schnippte mit den Fingern. „Ich habe keine Ahnung, was hier abgeht! Ich weiß nur eins: Irgendetwas läuft gerade schwer an uns vorbei. Sydney, was hattest du an Miss Cornfields Mantel zu schaffen?" Sie tupfte mit dem Taschentuch über Sydneys schwarze Knopfaugen. „Wir werden auch nicht schimpfen!“

Sydney holte tief Luft. Aber komisch, sie brachte keinen Ton heraus.

„Ich …“ Das Koalamädchen brach ab. „Ich kann das nicht! Tut mir leid! Ich hab’s vermasselt!“ Sie schlug die Pfoten vors Gesicht. „Ich habe das Geheimnis ausgeplaudert!“

Finja und die Tiere übersetzten Sydneys Worte für alle anderen Kinder.

„Was für ein Geheimnis?“, fragte Ida vorsichtig. Sie hatte Rabbat eng an sich gedrückt. Doch ihr Gefährte löste sich aus der Umarmung.

Leander und Rabbat huschten nach vorne.

„Wir haben im Wald jemanden kennengelernt …“, begann Leander.

„Sie heißt Silber“, fuhr Rabbat fort.

„Sie ist eine Wölfin und sie kann sprechen“, flüsterte Sydney zwischen ihre Pfoten hindurch.

Mehrere Kinder riefen: „Waaaaas?“

„Ich wusste doch, dass du mir etwas verheimlichst!“ Ida schluckte. „Ständig bist du weggerannt …!“

Rabbat sprang auf Ida zu. „Wir wollten euch beschützen!"
„Die Wölfin behauptet, dass sie ein magisches Tier ist und zu Elisa gehört", piepste Madonna und krabbelte zu Anthony. „Aber Silber hat Elisa angegriffen! Sie hat sie umgestoßen und in den Dreck geworfen!"
„Wann war denn das?", erkundigte sich Anthony verblüfft.
„Gestern Nacht!", entfuhr es Madonna.
Anthony verschlug es die Sprache. „Du warst nachts im Wald? Ganz allein?"
„Ich war nicht allein", verteidigte sich Madonna.
„Henrietta war auch dabei!" Diesmal war es Benni, der nach Luft schnappte.
Henry räusperte sich. „Wir haben versprochen, nicht mit den Tieren zu schimpfen!" Er nickte Finja zu.
„Ich finde, sie haben das super gemacht. Sie waren tapfer, sie haben aufeinander aufgepasst und jetzt erzählen sie, was tatsächlich los war. Ein bisschen spät vielleicht, das gebe ich zu …" Er gab Leander einen kleinen Klaps auf den Po. „Aber jeder von uns hat schon mal was falsch gemacht, oder?"

Alle mussten zugeben, dass Henry recht hatte. „Lassen wir die Tiere doch einfach mal ausreden!"
Nach und nach erfuhren die Kinder die Einzelheiten.
„Wir wollten Mortimer von Silber erzählen!" Cooper flitzte zu Franka. „Deswegen haben wir in der magischen Zoohandlung angerufen!"
Franka staunte. „Echt? Wie habt ihr denn das geschafft?"
„Wir haben Marys Telefon ausgeliehen und die 1 gewählt", berichtete Tingo stolz. Er stellte sich neben Yannik und tat so, als wäre seine Hand ein Telefon. „Tut, tut, tut!"
„Aber dann waren nur die Erdmännchen dran", erzählte Polly.
„Also sind Eugenia und Muriel losgeflogen!", fuhr Leander fort. „Heute Vormittag. Sie wollten zu Mortimer!"
Eddie und Max schüttelten die Köpfe.
„Leider sind wir nichterich angekommen", sagte Eugenia kleinlaut.
Muriel blickte verlegen an die Decke. „Wir sind immer nur im Kreis geflogen."

Die Tiere sahen so verzweifelt aus, dass die Kinder lachen mussten.
„Was für eine irre Geschichte!" Franka zupfte Cooper am Ohr. „In Zukunft keine Alleingänge, bitte!"
Max räusperte sich. „Genau! Wir sollten die Sache gemeinsam angehen."
Plötzlich redeten alle durcheinander.
„Wir müssen zu Mr. Morrison!", sagte Ida bestimmt.
„Du hast recht!" Jo nickte.
„Wozu haben wir unsere Fahrräder?", fragte Silas lässig.
Schnell waren sie sich alle einig. Sie mussten in die Stadt!
„Vielleicht sollten wir die Wölfin mitnehmen", überlegte Max. „Ich bin so gespannt, wie sie aussieht! Wir bringen Silber zu Mr. Morrison und, zack, der Fall ist gelöst."
„Was!?", quietschte Madonna. „Silber ist wild! Wild und gefährlich!"
Anthony strich seinem Meerschweinchen beruhigend übers Fell. „Ich bin ja bei dir."
„Wir sind 22 Kinder und 19 Tiere", zählte Henry auf,

der Madonnas Quietschen richtig gedeutet hatte. „Da können wir es mit der Wölfin aufnehmen. Außerdem braucht sie uns ja."

Alle Kinder und Tiere nickten.

Nun mussten sie nur noch drei Dinge klären:

Wie erklärten sie der Lehrerin, dass sie sofort wegmussten?

Wer traute sich, Silber zu holen?

Und was machten sie mit Elisa? Sie musste im Camp bleiben, da waren sich alle einig. Nicht, dass die Wölfin sie ein zweites Mal angriff.

Kaum hatten sie die zwei Punkte geklärt, kamen Elisa und Oliver zur Tür herein.

Sie blieben stehen. „Was ist denn hier los?", fragte Elisa verblüfft.

Ida stand auf und legte den Arm um Elisas Schulter. „Die Tiere haben uns erzählt, was gestern Nacht los war. Eine Wölfin hat dich zu Boden gerissen! Das muss schrecklich für dich gewesen sein!"

Elisa zuckte zusammen. „Was? Woher weißt du das?"

Sie warf einen Blick in die Runde. Rabbat zwinkerte ihr zu und Elisa wurde klar, dass die Tiere den Kindern soeben alles beschrieben hatten, was gestern Nacht passiert war.

„Schrecklich …“, stammelte sie. „Ja, das stimmt. Aber irgendwie auch schön!“

Olli guckte Elisa erstaunt von der Seite an. Auch diesmal war er klug genug, den Mund zu halten. Er war sich sicher: Irgendwann würde er herausfinden, was in Elisa vorging. Miss Cornfield hatte immerhin aus ihr herausgekitzelt, dass zu Hause einiges schieflief. Aber was genau, hatte sie nicht verraten.

„Wir haben gerade beschlossen, dass wir Mr. Morrison einschalten“, fuhr Ida fort. „Nur er kann diesen kniffligen Fall lösen. Ich meine …“

Sie deutete auf Elisas verschrammte Arme. „Das ist nicht lustig!“

Anthony stand auf. „Madonna behauptet, dass Silber zu dir gehört. Das hat die Wölfin selbst gesagt!“

Elisas Augen weiteten sich. „Was?“ Sie wollte atmen, doch irgendwie war ihre Brust plötzlich so eng. Ihre

Knie wurden weich. Zum Glück hatte Ida immer noch den Arm um sie gelegt. Anthony war auch sofort zur Stelle und zusammen mit Ida führte er sie zum nächstbesten Feldbett.

„Was?“, stieß Elisa erneut hervor. „Der Wolf ist eine Wölfin und kann sprechen? Sie heißt Silber? Sie gehört zu mir?“ Über ihr blasses Gesicht huschte ein Lächeln.

„Vielleicht!“, bremste Max ihre Begeisterung. „Das kann nur der Boss entscheiden. Mortimer Morrison! Und da fahren wir jetzt hin! Sofort! Und diese Silber nehmen wir mit. Wir sind allerdings der Meinung, dass du am besten im Camp bleibst. Hier ist es sicherer für dich!“

Henry nickte. „Diese Silber will, dass du in ihre Höhle ziehst. Die hat Vorstellungen! Wenn sie tatsächlich ein magisches Tier ist, muss sie noch sehr viel lernen!“

Leander knurrte zustimmend.

Olli konnte nicht glauben, was da gerade vor sich ging. Was war das denn für eine Klassenfahrt?

Elisa musste erst einmal verarbeiten, was sie gehört hatte. Sie wollte nicht in einer Höhle wohnen.

Plötzlich ging alles ganz schnell.

„Ich fliege loserich und hole den Schatten", rief Eugenia. „Immerhin habe icherich die letzteriche Tour vermasselt!"

Sie schoss zum Fenster hinaus.

„Warte!", schnarrte die Eule und breitete ihre Schwingen aus. „Ich bin dein Bodyguard!"

Finja machte sich auf, um Miss Cornfield zu suchen. „Ich kläre das mit ihr!", versprach sie. „Gleich geht's los!" Sie stürmte nach draußen.

„Ich komm mit!" Ida lief hinterher.

Elisa sank zurück auf das Bett. Ihr Herz klopfte wild. Bald würde sie wissen, ob sie ein magisches Tier bekam oder nicht. Und ob es tatsächlich Silber war! Olli setzte sich neben sie, während die anderen ihre Fahrräder startklar machten. Was auch immer die anderen vorhatten: Er würde bei Elisa bleiben.

Ida und Finja fanden die Lehrerin am Lagerfeuerplatz, wo sie Feuerholz hackte. „Das ist für heute Abend!" Sie musterte die beiden Mädchen, die knallrote Backen hatten. „Was ist denn mit euch los?"

„Miss Cornfield!“, riefen Ida und Finja aufgeregt. „Wir haben eine große, große Bitte!“

„Ja?“ Die Lehrerin legte das Beil zur Seite.

Finja holte tief Luft. „Wie wäre es, wenn Sie uns heute Nachmittag freigeben?“

„Freigeben?“, fragte Miss Cornfield verblüfft.

„Wir haben etwas vor, eine Art Überraschung …!“, fuhr Finja fort.

„Es ist fast gar nicht gefährlich!“ Ida wedelte mit beiden Armen durch die Luft. „Wir müssen nur …“

„Ein wenig herumradeln!“, rief Finja. „In zwei Stunden sind wir wieder da!“

Miss Cornfield nestelte an ihrem Amulett. Es kam selten vor, dass Finja sie um etwas bat. Es schien wirklich sehr, sehr wichtig zu sein.

„Geht es um Elisa?“, fragte sie vorsichtig.

Ida und Finja nickten eifrig. „Wir wollen ihr helfen!“

Auf Miss Cornfields Gesicht breitete sich ein warmes Lächeln aus.

„Das ist so toll, dass ihr euch um sie sorgt!“ Sie legte den beiden Mädchen die Hände auf die Schultern. „Zwei Stunden? Alle zusammen?“

„Alle außer Elisa und Olli!", erklärte Max, der Professor, der plötzlich neben Ida und Finja stand. „Wir haben das gerade untereinander geklärt." Er zwinkerte Ida und Finja zu. „Elisa und Olli bleiben im Camp."

„Okay." Miss Cornfield seufzte. „Ihr habt ja eure magischen Tiere bei euch … Wo sind die anderen?"

Gemeinsam gingen sie zu den Fahrrädern, wo die Kinder und ihre Gefährten warteten. Die Lehrerin musterte ihre Klasse. Sie war stolz. Alle waren so entschlossen und wollten Elisa helfen.

„Aber fahrt vorsichtig, ja?" Ihr Blick wanderte von einem Kind zum nächsten. „Setzt eure Helme auf und bleibt auf den Fahrradwegen, ist das klar? Und um Punkt fünf seid ihr zurück!"

Alle nickten eifrig. „Sie können sich auf uns verlassen!"

„Ich vertraue euch! Und irgendwann erzählt ihr mir, was hier eigentlich los ist. Einverstanden?"

„Einverstanden!" Die Klasse strahlte. „Danke, danke, Miss Cornfield! Sie sind die beste Lehrerin der Welt!"

Miss Cornfield ging zu Elisa und Olli und beschloss, erst einmal eine große Kanne Tee zu kochen.

Irgendwo mussten doch noch Kekse sein! Sie bat die beiden in die Küche.

Eugenia und Muriel erreichten die Höhle.
„Silber, komm rauserich!" Eugenia rümpfte ihre Fledermausnase. „Oh, wie stinkerich! Wenn du Mumm hast, dann tritt vor die Türerich!"
Nichts rührte sich.
„Du hast 30 Sekunden!", krächzte Muriel. „29, 28, 27 ...!"
Und dann trat sie plötzlich aus der dunklen Höhle: Silber, die Wölfin.
Sie hatte einen muskulösen Körper und riesige Tatzen.
„Was gibt's?", knurrte Silber und zeigte nebenbei gleich ihre spitzen Zähne.
Muriel und Eugenia flatterten schnell einen Meter zurück.
„Wir haben eine Idee!", schnarrte Muriel, die sich als Erste wieder fasste. „Wir bringen dich zu Mortimer Morrison, dem Inhaber der magischen Zoohandlung! Der wird herausfinden, ob du zu Elisa gehörst."

Die Wölfin zeigte ihre Zähne.
„Du kannst auch hierbleiben!", antwortete Muriel kühl. „Aber das ist deine einzige Chance, zu Elisa zu kommen. Denn morgen reisen wir wieder ab!"
Sie winkte Eugenia. „Komm, kleine Mäusenase! Wir fliegen zurück!"
Die Wölfin erschrak. „Na gut, na gut! Ich komme mit!"
„Das klingt schon besser", krächzte Muriel.
Sie setzten sich in Bewegung.
„Kleiner Tipperich!", fiepte Eugenia. „Reiß dicherich zusammen, wenn du vor den Kindern stehst!"

18. Kapitel

In der Turmgasse

Die Kinder warteten ungeduldig mit den Fahrrädern etwas abseits des Camps. Plötzlich knackste es. Äste bogen sich zur Seite.

Ein schlanker, grau-weißer Kopf tauchte zwischen den Blättern auf. Silber!

Die Tiere stoben zur Seite und auch die Kinder wichen ängstlich zurück.

Die Wölfin hatte etwas Erhabenes, Furchteinflößendes an sich!

Cooper hüpfte in Frankas Umhängetasche. Henrietta duckte sich tief in Bennis Hosentasche.
Leander trat vor. „Keine Angriffe, keine falschen Spielchen. Haben wir uns verstanden? Wir sind viele." Er knurrte bedrohlich.
Die Wölfin senkte den Kopf. „Ja. Ich komme mit euch zu diesem Morrison. Wo ist Elisa?" Während sie sich umsah, übersetzten die Tiere für ihre Kinder.
Rabbat hob eine Pfote. „Du erinnerst dich doch sicher an die 100-Schritte-Regel? Elisa bleibt im Camp!"
Silber knurrte wütend.
Benni räusperte sich. „Dann mal los! Auf zur magischen Zoohandlung!"

Sie radelten und radelten und erreichten bald den Fahrradweg.
„Nach linkserich", rief Eugenia.
Leander achtete darauf, dass Silber immer schön Abstand zu den anderen Tieren hielt.
„Auf mich wirkt Silber eigentlich ganz nett", flüsterte Ida in Rabbats Ohr.

„Du hast sie nicht auf der Lichtung gesehen, Rotschopf! Sie kann auch anders!“, antwortete Rabbat, der den Kampf nicht vergessen hatte. Ihm taten noch immer alle Knochen weh!

Sie kamen zu einer Mühle. „Diesmal sind wir richtig“, rief Muriel. Es begann zu regnen. Glück im Unglück, denn dadurch waren kaum noch Leute auf den Straßen.

Donner grollte.

Sydney schmiegte sich eng an Finja.

„Wir sind schon in der Linsenallee!“, tröstete Henrietta. „Haltet durch!“ Es wurde dunkler und der Regen immer stärker.

Völlig durchnässt kamen die Kinder an der magischen Zoohandlung an. In der Küche brannte Licht, die Vorhänge waren zugezogen.

Schatten huschten hin und her. Einer war groß und rund. Bestimmt war das Murphy, der Eisbär!

„Was jetzt?“ Ida lehnte ihr Fahrrad gegen eine Straßenlaterne.

„Ich geh mal klingeln!“ Max stapfte bereits los in Richtung Haus.

Ida schüttelte den Kopf. „Warte!" Irgendetwas ließ sie zögern. Sie erinnerte sich daran, was Rabbat über sein erstes Zusammentreffen mit Mortimer erzählt hatte, und wiederholte es für die anderen. „Es war pure Magie! Mit einem Schlag wurde ihm klar, dass ein vollkommen neues Leben beginnt."

Sie mussten es anders machen, irgendwie geheimnisvoller …

„Diese Sache geht nur Silber und Mortimer etwas an", fand Henry. „Wir müssen dafür sorgen, dass die beiden allein sind!" Er zog Max auf den Gehweg zurück.

Silas meldete sich. „Was haltet ihr davon: Wir setzen Silber auf die Treppe. Ein Kind klingelt, die anderen verstecken sich." Er deutete mit dem Daumen zu der Mauer gegenüber. „Von dort gucken wir zu, was passiert."

Ein guter Plan!

„Wer klingelt?", fragte Anna-Lena.

„Wer am schnellsten laufen kann", antwortete Benni und zeigte auf Jo.

Plötzlich donnerte es, die Kinder zuckten zusammen.

„Kommst du mit?" Jo lächelte Ida an. „Zu zweit geht alles besser!"
Ida nickte und war plötzlich ganz froh über den strömenden Regen.

Ein Vespafahrer knatterte vorbei.
Silber versteckte sich hinter einer Mülltonne, die auf dem Gehweg stand. Auf ihrem Pelz perlten Regentropfen.
Ida und Jo drückten sich gegen eine Hauswand.
„Sollen wir los?", flüsterte Jo.
„Noch nicht!", antwortete Ida und deutete zu einer Tür.
Aus dem Nachbarhaus trat ein Mann und griff genau nach der Mülltonne, hinter der Silber lag!
Wer war so verrückt und schob bei Blitz und Donner seine Tonne ins Haus?
Idas Herz klopfte bis oben hin, sie griff nach Jos Hand.
Silber machte keinen Mucks. Wie durch ein Wunder sah der Mann die Wölfin nicht.
„Jetzt!" Ida zupfte an Jos Ärmel. „Los!" Sie eilten die Treppe hoch. Silber folgte ihnen.

Während Jo auf die Klingel drückte, nickte Ida der Wölfin aufmunternd zu. „Viel Glück", murmelte sie. Ein schriller Klingelton ertönte.
Ida drehte sich um, überquerte die Straße und sprang über die Mauer.
Jo war dicht hinter ihr. Aber er übersah eine Blechdose, die am Boden lag. Laut schepperte sie über die Straße.
Silber machte einen erschrockenen Satz zur Seite. Auf einmal gingen die Straßenlaternen an und das nasse Fell der Wölfin funkelte im Licht.
Jo kauerte sich dicht neben Ida. Es donnerte und blitzte. Eine Weile passierte nichts. Silber saß verloren auf der Treppe.
Doch dann ging plötzlich die Tür auf. Mortimer kam heraus. Auf seiner Schulter saß wie immer Pinkie, die Elster.
„Hallöchen!", zwitscherte sie überrascht.
Die Kinder begannen, aufgeregt zu flüstern.
„Pssst!", mahnte Rabbat. „Schaut doch mal!"
Mortimers Gesicht strahlte, wie es die Kinder noch nie gesehen hatten.

„Schön“, seufzte Madonna, das Meerschweinchen.
„So ähnlich war das auch bei mir!“, erinnerte sich Toffi.
Auch Silbers Gesichtsausdruck veränderte sich. Das Bedrohliche, das Furchteinflößende verschwand. Ihr Gesicht nahm auf einmal weiche Züge an. Die Augen leuchteten, als würden sich tausend Sterne darin spiegeln.
Plötzlich brauste ein Lieferwagen durch die Turmgasse und versperrte für einen kurzen Moment den Blick. Als der Wagen vorbeigefahren war, waren Mortimer, Pinkie und Silber im Haus verschwunden.
„Jetzt erklärt Mortimer ihr die Welt“, flüsterte Polly und legte einen Flügel um Katinka. „Bald wird für Silber nichts mehr so sein, wie es war!“
In der Ferne schlug eine Uhr.
„Wir müssen zurück!“, mahnte Rabbat.

19. Kapitel

Post von der magischen Zoohandlung

Auch im Camp regnete es. Miss Cornfield guckte sorgenvoll aus dem Fenster des Aufenthaltsraums, aber Olli beruhigte die Lehrerin. „Die können schon auf sich aufpassen, keine Sorge!“ Weder Oliver noch Elisa verrieten, dass Ida, Benni und alle anderen auf dem Weg zur magischen Zoohandlung waren. Niemals würden sie beichten können, was in den letzten Tagen alles vorgefallen war! Diesen Knoten musste Mortimer Morrison für sie lösen …

Miss Cornfield stellte eine Kanne Tee auf den Tisch. „Herrje, ich glaube, ich habe das Fenster im Schäferkarren offen gelassen! Bin gleich wieder da." Sie verschwand mit wehendem Mantel. Hinten im Büro klapperten Otto und Lotti.

Elisa und Olli nippten an ihrem Tee.

Elisa wurde ruhig. Neben ihr saß Olli, der auf sie aufpasste. Und der Rest der Klasse strampelte gerade durch den strömenden Regen, um ihr zu helfen! Alle waren so nett zu ihr. Obwohl sie nicht wirklich versucht hatte, Teil der Gruppe zu sein.

Ein warmes Gefühl breitete sich in ihr aus. Elisa holte tief Luft, drehte sich zu Olli und öffnete ihr Herz.

„Bei mir zu Hause herrscht echtes Chaos!", sprudelte es aus ihr heraus. „Ich kann mit niemandem darüber reden, weil ich dann petzen müsste. Ich will aber keine Petze sein, denn den, um den es geht, den habe ich ziemlich gern!"

Oliver nahm einen Schluck Pfefferminztee und hörte einfach nur zu.

„Die Stimmung ist schon seit Wochen mies", fuhr Elisa

fort. „Aber richtig heftig wurde es am letzten Freitag, als du zu Besuch warst. Und morgen muss ich da wieder hin! Ich will aber nicht!“ Sie schluckte.
Oliver drückte Elisas Hand. „Ich bin mir sicher, dass ihr das zu Hause klären könnt, wenn du wieder da bist. Deine Mama ist echt nett. Und falls doch nicht, kannst du jederzeit zu mir kommen“, versicherte er. „Oder ruf mich an: Dann flitze ich zu dir!“
„Echt?“, fragte Elisa.
Oliver nickte eifrig. „Und ich wette, die anderen würden auch kommen, wenn du Hilfe brauchst!“, fuhr er fort. „Und weißt du was? Wir alle wissen, dass du genau das Gleiche für uns machen würdest!“
Elisa schwieg verblüfft. Olli hatte recht!
Es war nicht schlimm, um Hilfe zu bitten. Im Gegenteil – manchmal war das sogar der einzige Ausweg.
Elisa lächelte. Dankbar legte sie kurz ihren Kopf an Ollis Schulter und atmete tief aus. Dann blickte sie auf und strahlte ihn an. „Puh, jetzt geht's mir schon viel besser!“
Miss Cornfield kehrte mit einer Packung Vanillekekse

zurück und lächelte, als sie die beiden zusammen sah. „Jetzt haben wir noch was zu knabbern!“ Elisa und Oliver rissen hungrig die Packung auf.

Die Ausflügler kehrten pünktlich ins Camp zurück. Sie hatten ihre Mission erfüllt. Jetzt hieß es abwarten! Sie zogen sich trockene Kleidung an und setzten sich an den Lagerfeuerplatz. Das Gewitter war weitergezogen.

„Und?“ Elisa und Oliver empfingen die anderen mit neugierigen Blicken.

„Abwarten!“, antwortete Ida geheimnisvoll.

Lotti stellte einen Eimer Kartoffeln in die Mitte. Die Kinder bekamen den Auftrag, sie sauber zu schrubben, damit sie sie später grillen konnten. Gut, dass Peperoni sie nicht stibitzt hatte!

Otto zog seine Gitarre hervor und spielte *„Über den Wolken“*. Lotti wippte mit den Füßen. Alle sangen mit.

Oliver gesellte sich zu Elisa. Sie schnappten sich zwei Bürsten und zwei Kartoffeln, die noch voller Erde waren.

„Danke, dass du heute bei mir geblieben bist!“ Elisa lächelte Oliver an.
„Gern geschehen!“ Oliver lächelte zurück. „Was meinst du: Ist Silber dein magisches Tier?“
Elisa dachte nach. „Ich weiß es nicht! Und weißt du was? Ich bin froh, dass ich das nicht entscheiden muss. Vielleicht muss die Wölfin ja tatsächlich einen Test bei Mortimer Morrison machen. Einen Test, dass sie für die Menschenwelt geeignet ist. In eine Höhle ziehe ich jedenfalls nicht!“ Sie lachten.
Als Ottos Lied zu Ende war, verabschiedete er sich und ging mit Lotti zurück ins Büro. Zeki gab Zack einen Stups: „Schnapp dir die Gitarre! Das kannst du auch!“
Zack stimmte die neuesten Hits von Tausendsassa an.
„Schubi-du-schubi-du!“, sang Zeki.
Die Dämmerung brach herein, Lothar und Ronja entfachten das Lagerfeuer.
Zack spielte *„Griechischer Wein“* und Oliver zeigte den anderen, wie man dazu tanzte. Alle, auch Elisa, fassten sich an den Händen und hopsten ums Feuer herum.
Das machte so viel Spaß!
Später grillten sie Kartoffeln und sangen Lieder von

den Beatles und den Prinzen. Die Sterne funkelten am Himmel.
„Schade, dass wir morgen wieder nach Hause müssen!“ Elisa und Oliver saßen ein Stück abseits in zwei Liegestühlen. „Am liebsten würde ich hierbleiben!“
Oliver nickte verständnisvoll. „Du bist ein Waldmädchen, das haben wir alle gemerkt! Aber ehrlich: Wir würden dich ganz schön vermissen!“
Er hatte eine Idee. „Du könntest doch ab und zu hier arbeiten!“, schlug er vor. „Weißt du noch, der Zettel im Aufenthaltsraum? Junior-Ranger! Das würde perfekt für dich passen!“
Elisa winkte ab. „Dafür muss man 16 Jahre alt sein!“
„Schmier dir Erde ins Gesicht, dann siehst du älter aus!“ Oliver fuhr mit der Hand über den Boden.
Und schon sah Elisa aus wie ein Erdmännchen mit Kriegsbemalung!
Elisa lachte. Sie beugte sich nach hinten und suchte den Himmel nach Sternschnuppen ab. Und plötzlich, ganz plötzlich, begannen die Sterne, sich zu verschieben.

„Oliver", flüsterte sie. „Schau mal nach oben!"
„Oh!", stotterte Oliver. „Die Sterne … schön! Äh, was meinst du?"
„Das ist eine Nachricht!", stieß Elisa hervor. „Kannst du sie nicht sehen?"
Gebannt starrten die beiden Kinder nach oben.
Tausend Sterne tanzten auf und ab. Sie bildeten Kreise, Linien und schoben sich aneinander. Immer neue Buchstaben bildeten sich. Und plötzlich stand sie da, die Nachricht, auf die Elisa so sehnsüchtig gewartet hatte:

An Elisa Bergeramo!

Die magische Zoohandlung teilt mit:
Auswahlverfahren läuft, du wirst bald ein magisches Tier bekommen. Halte dich bereit!

Viele Grüße!
Die magische Zoohandlung!

Oliver konnte die Nachricht nicht lesen, aber er las in Elisas Gesicht. Und das strahlte von einem Ohr bis zum anderen!

„Ich bin in der coolsten Schule der Welt!", rief er und stieß die Faust in die Luft. „In der Schule der magischen Tiere! Was bin ich nur für ein Glückspilz!"

Elisa war glücklich, dass Olli sich so für sie freute.

„Mann, Mann, Mann, ist das spannend!" Oliver zog Elisa aus dem Liegestuhl und führte mit ihr ein Freudentänzchen auf.

„Wann willst du es den anderen erzählen?", japste Oliver.

„Jetzt!", antwortete Elisa. Mit Beinen wie Gummi wankte sie zu ihren Klassenkameraden.

Die Sensation verbreitete sich wie ein Lauffeuer.

„Elisa hat eine Nachricht bekommen!" – „Elisa hat eine Nachricht bekommen!"

Nur Eddie verstand etwas ganz anderes: „Willi hat eine Nachtschicht übernommen?"

Eugenia wunderte sich nicht. „Das ist doch superich! Heute Nachterich gibt es eine Sonderlieferung Leberkäsesemmeln. Perfekterich!"

Lothar lachte und klärte Eddie auf: „Elisa bekommt ihr magisches Tier!"
Am allermeisten freute sich Miss Cornfield. Sie umarmte Elisa. „Willst du dich nicht waschen?"
Sie dachte an den schüchternen Koboldmaki, von dem Mortimer am Telefon erzählt hatte. Er würde erschrecken, wenn er Elisa in Kriegsbemalung sah!
Elisa schüttelte den Kopf. „Nächste Woche, Miss Cornfield, sitze ich wieder ordentlich im Klassenzimmer. Heute und morgen will ich noch ein Waldmädchen sein!"
Sie überlegte: Wann Mr. Morrison wohl das Tier überreichen würde? Am Montag, wenn sie alle wieder in der Schule waren?

20. Kapitel

„Gestatten, Morrison!"

Miss Cornfield brachte es nicht übers Herz, die Kinder ins Bett zu schicken. Was war das nur für eine aufregende Woche!

Elisa rutschte auf dem Baumstamm hin und her. Heute würde sie ganz bestimmt nicht einschlafen können. Aber nicht, weil sie Kummer hatte, sondern vor lauter Vorfreude.

Wie es wohl war, wenn man immer ein Tier an der Seite hatte? Was würde Marvin sagen, wenn sie

plötzlich mit einem Zebra in der Küche spielte? Oder einer Blindschleiche?
Sie bekam einen Kicheranfall und dachte an Silber. Wenn die Wölfin ihr magisches Tier war, wieso hatte sie dann nicht mit ihr gesprochen? Sie biss sich auf die Lippen. Das war spannend, so unheimlich spannend!
Auch die anderen Kinder tuschelten aufgeregt.
Das Feuer war weit heruntergebrannt. Olli stand auf, um Holz nachzulegen, da entdeckte er in der Ferne einen Scheinwerfer. „Schaut mal!"
Ida, Benni und Eddie sprangen ebenfalls auf.
„Da kommt Willi auf Nachtschicht!", rief Eddie.
„Wo?", fragte Anna-Lena und drehte sich so schwungvoll um, dass Caspar fast von ihrem Arm purzelte. „Hupsi-pupsi", japste er.
Jemand hupte laut und schon kam Pinkie angeschossen.

„Hallöchen!" Die Elster winkte mit dem Flügel. „Der Boss ist im Anmarsch! Ihr sollt zum Froschweiher kommen! Dalli, dalli!"
Elisa war so aufgeregt, dass sie über den Kartoffeleimer stürzte. Einige Knollen kullerten Richtung Feuer.

„Die heben wir später auf!“ Anna-Lena griff nach Elisas Hand. „Schnell!“

Eine Hand hatte Elisa noch frei! Sie sah sich um und lächelte. „Komm, Olli!“

Sie rannten durch die Dunkelheit und erreichten den Weiher, der silbern glänzend im Mondschein lag.

Die Kinder und Tiere quasselten und schnatterten aufgeregt durcheinander.

„Bald sind wir 20 Tiere in der Klasse!“, rief Muriel.

Irgendwo quakte ein Frosch.

„Wehe! Keine Kröte!“, stöhnte Rick.

Mr. Morrison trat aus der Dunkelheit. „Gestatten, Morrison!“, sagte er mit einer kleinen Verbeugung.

Elisa schrie überrascht auf. Sie hatte ihn gar nicht kommen hören!

Sanft legte der Inhaber der magischen Zoohandlung dem Mädchen die Hand auf die Schulter. „Erst sprechen wir den Schwur, dann findet die Übergabe statt.“

Elisa nickte beklommen und auch Oliver hielt die Luft an. Es war die erste Übergabe, bei der er dabei war! Wahnsinn!

Am Nachthimmel leuchteten grüne Buchstaben auf.
„Na also, hat doch wieder gut geklappt", kicherte Pinkie und nahm auf Mortimers Schulter Platz.
Die Kinder fassten sich an den Händen und sprachen laut und deutlich den Schwur:

„Niemals, niemals sprechen wir
mit anderen über das magische Tier.
Die magische Zoohandlung ist streng geheim,
so soll es für immer und ewig sein."

Und dann kam ein Schatten angeschossen. Es war tatsächlich – Silber! Elisa schnappte nach Luft und strahlte. Ihr magisches Tier sprang an Elisa hoch.
„Silber!", schimpfte Mr. Morrison leise.
Die Wölfin duckte sich ins weiche Gras.
„'tschuldigung."
Elisa lächelte und kniete sich zu ihr herunter.
Vorsichtig streckte sie ihre Hand aus. Ohne zu zögern, schleckte Silber sie ab.
Die Wölfin erhob sich und rieb ihren Kopf an Elisas ausgestrecktem Arm.

„Hallo, du Schöne“, flüsterte Elisa, während sich gleichzeitig Tränen aus ihren Augenwinkeln stahlen. Silber kam vorsichtig näher. Ganz behutsam öffnete Elisa ihre Arme weiter und die Wölfin schmiegte den Kopf an ihre Wange. Elisa kicherte. „Das kitzelt!“ Sie blickte ihrem magischen Tier tief in die Augen. Diese funkelnden Augen!

Elisa kuschelte sich in den Pelz der Wölfin und spürte ihre Wildheit und Abenteuerlust. Sie war sich ganz sicher, dass sie füreinander bestimmt waren!

Miss Cornfield beobachtete verdutzt die zauberhafte Szene. Sie hatte einen kleinen Koboldmaki erwartet, stattdessen stand plötzlich ein Raubtier da.

Die Wölfin schnurrte in Elisas Armen. Ihre Stimme wurde ganz weich. „Mein Waldmädchen!“, flüsterte sie heiser. „Darf ich bitte, bitte deine Gefährtin sein?“

Elisa löste die Umarmung und blickte in Silbers leuchtende Augen. „Ja!“ Elisa strahlte, doch dann verdunkelte sich ihr Blick. „Warum hast du das nicht gleich gesagt?“

„Ich wusste nicht, wie man sich in der Menschenwelt verhält“, gestand die Wölfin. „Ich musste erst Mortimer treffen. Vieles ist neu für mich. Ich kenne die Regeln noch nicht, bestimmt mache ich viele Fehler. Du musst mir helfen! Ich will alles, alles richtig machen!“

„Du musst mir auch helfen!“, antwortete Elisa und drückte sich wieder an ihr magisches Tier.

Wie gut Silber roch! Nach Erde, Moos und Farnen.

„Wir schaffen das“, murmelte Elisa in das weiche Fell ihrer Gefährtin. Silber spürte genau, was in Elisa vorging.

„Ich bin laut“, fasste sie zusammen. „Und du bist leise.“

Elisa nickte überrascht.

„Gib mir ein Stückchen von deinem Mut und deiner Entschlossenheit ab“, bat sie.

Silber guckte fragend. „Auch ein bisschen vom Wildsein?“

Elisa nickte entschlossen. „Auch ein bisschen vom

Wildsein! Dafür zeige ich dir, wie man sich in der Menschenwelt verhält!"

Als Elisa sich von Silber löste, war ihre Kriegsbemalung kaum noch zu sehen.

Mortimer blickte versonnen auf Elisa und Silber. Die beiden waren ein Traumpaar! Wieder einmal hatte er alles richtig gemacht!

Er klopfte die Hände an seinem Mantel ab und lachte.

„Was ist mit dem Äffchen?", fragte Miss Cornfield.

„Der Koboldmaki liegt zu Hause auf dem Sofa und guckt sich Bilderbücher an. Ich weiß immer noch nicht, ob er magisch ist. Die Wölfin saß plötzlich vor meiner Tür. Keine Ahnung, wie sie den Weg zu mir gefunden hat."

Finja drehte sich zu Miss Cornfield. Ihre Blicke trafen sich und Finja flüsterte ein großes „Danke!" durch die Nacht.

Miss Cornfield schmunzelte vergnügt. „Da kann ich dir vielleicht weiterhelfen."

Als die Schlafenszeit gekommen war, streckte sich Silber vor Elisas Feldbett aus.

„Willst du nicht bei mir oben schlafen?“ Elisa raschelte mit ihrem Schlafsack.

„Wenn ich darf“, antwortete Silber vorsichtig.

Die anderen Tiere musterten die neue Mitbewohnerin argwöhnisch. Polly drückte sich ängstlich gegen die Wand, Caspar wechselte hektisch alle Farben durch. Karajan verkroch sich unter seine Wolldecke.

Silber war kräftiger als alle anderen Tiere hier im Raum!

„Silber tut euch nichts“, versprach Elisa.

Die Wölfin nickte eifrig.

Elisa breitete ihren Schlafsack aus und rückte ein Stück zur Seite. Mit einem Satz war Silber neben ihr. Sie schmiegten sich aneinander.

„Endlich angekommen“, murmelte Silber. In Elisas Ohr klangen die Wörter wie eine Melodie.

Eine Melodie, die Elisa für den Rest ihres Lebens nicht vergessen würde.

21. Kapitel

Rührei und Petersilie

Silber erwachte mit einem herzhaften Gähnen. Wo war sie? Oh, sie war bei ihrer Gefährtin, Elisa!

Obwohl sie hellwach war, bewegte sie sich keinen Millimeter. Sie wollte Elisa auf keinen Fall wecken. Das Waldmädchen schlief tief und fest.

Die anderen Tiere erhoben sich nach und nach von ihren Betten. Mette-Maja watschelte durch die Tür.

„Ich nehme ein Morgenbad!"

Polly pikste Katinka mit dem Schnabel in den Bauch.

„Lass uns ein paar Ballettübungen machen!“ Und schon dehnten sie zusammen ihre Arme und Beine. Silber beobachtete alles ganz genau.
Sydney wuschelte Finja durchs Haar – und umgekehrt. Franka warf ihre Ratte in die Luft und fing sie wieder auf. Cooper quiekte entzückt. Karajan schnurrte in Helenes Ohr: „Heute geht es endlisch nach Hause!“
Elisa wachte auf. Sie fuhr sich über die Wangen. Die Reste der Kriegsbemalung juckten.
„Soll ich das wegschlecken?“, bot Silber an.
Elisa musste lachen. „Besser, wir gehen zusammen in den Waschraum!“ Wie normal es sich anfühlte, dass Silber an ihrer Seite war!
Silber hingegen musste sich erst an den Menschenalltag gewöhnen.
Dieses rothaarige Mädchen, das Ida hieß, kämmte ihrem Fuchs das Fell und steckte ihm ein buntes Stöckchen in den Mund. Es begann zu schäumen.
„Ida putzt Rabbat die Zähne!“, klärte Toffi sie auf. „Damit man nicht aus dem Mund stinkt.“
„Ach so“, murmelte Silber und wartete ab, ob Elisa bei ihr das Gleiche vorhatte.

Aber Elisa war genauso wenig vorbereitet wie Silber. „Einmal kurz Gesicht waschen reicht, oder? Danach kümmern wir uns um das Frühstück. Lotti hat ein großes Büfett angekündigt!"
Die Wölfin nickte eifrig. Sie wusste zwar nicht, was ein Büfett war, aber es klang nach Essen.
Elisa rubbelte erst sich, dann Silber mit einem Waschlappen ab.
Die Wölfin hielt ganz still. Nur nichts falsch machen!

Das Büfett wurde von Otto und Lotti im Aufenthaltsraum serviert. „Kennst du schon den Trick mit dem Versteinern?", fragte Elisa Silber.
Die Wölfin nickte. „Mortimer hat ihn mir gestern beigebracht."
Wie auf Befehl verwandelte sie sich in ein Kuscheltier. Elisa hob die Wölfin in die Luft – und konnte es nicht glauben: Silber war so leicht, dass sie sie sich einfach um die Schulter legen konnte!
Helene streckte anerkennend den Daumen hoch. „Das sieht mega aus!"

Bisher hatte sich Elisa nicht groß darum gekümmert, wie ihre Mitschüler ihre magischen Tiere mit Essen versorgten. Sie stellte sich im Aufenthaltsraum in die Reihe – und staunte, wie geschickt sie es machten. Schoki nahm sich mit größter Selbstverständlichkeit zwei große Becher Kakao. „Ich versorge einen Freund", erklärte er Otto.

Ronja legte vier Würstchen auf ihren Teller. Ida ließ sich eine extragroße Portion Rührei geben. „Ich liebe Eier!", verriet sie Lotti.

Silber stupste Elisa unauffällig an.

„Und ich erst!", rief Elisa.

Lotti schüttelte ungläubig den Kopf. Kaum zu glauben, was für riesige Mengen diese Mädchen verdrückten!

Yannik warf drei Bananen in die Luft und fing sie wieder auf, Finja angelte sich das Grünzeug von der Käseplatte. Petersilie mochte Sydney fast so gern wie Eukalyptusblätter.

„Das ist Deko!", protestierte Otto.

„Zu spät!", rief Finja. „Willst du sie zurück?" Sie hielt ihm die Petersilie unter die Nase.

Otto schüttelte den Kopf. „Nein, danke!"

Nach dem Frühstück machte die Klasse zusammen mit Otto einen Abschlussspaziergang durch den Wald. Miss Cornfield war sehr stolz auf ihre Klasse. Die Futterkrippen sahen super aus.
„Gute Arbeit!", lobte Otto.
„Du musst Punkte vergeben!", riefen die Kinder.
Otto umkreiste die beiden Werke.
„Beide stehen grundsolide!" Er klopfte aufs Holz. „50 Punkte für jede Gruppe!" Besonderes Lob gab es für das stabile Dach der Jungen. Silas grinste stolz.
Dafür heimsten die Mädchen Extrapunkte für ihre Spezialklappe und die Nüsse-Nachfüllbox ein. Die Rutsche fand Otto doof, aber der Geheimgang für die Mäuse brachte zehn Punkte.
„Schön, dass ihr auch an die kleinen Waldtiere denkt!"
Caspar und Cooper nickten eifrig.
Max war es wider Erwarten doch nicht gelungen, eine Warmhaltevorrichtung für das Wasser zu bauen. „Die Rehe schlürfen im Winter Wasser aus dem Teich", sagte Otto. „Macht euch keine Sorgen!"

Er nickte anerkennend, als er die Kiste für Kartoffeln entdeckte, und freute sich sehr über ein Drahtgestell, aus dem sich die Hasen Karotten holen konnten.
„Gleichstand!“, verkündete er. „Jede Gruppe hat 80 Punkte!“
Doch dann trat Schoki vor. „Otto, hast du schon den Topf gesehen?“ Er hob einen Deckel hoch.
„Oben können die Förster warme Kartoffeln reintun und wenn die Schweine mit ihrer Schnauze dagegenstupsen, kullern sie unten wieder raus.“
Otto lachte und vergab zehn Extrapunkte für die Jungen. Sie jubelten und schlugen sich gegenseitig auf die Schultern. Yannik machte einen Handstand.
„Sieger! Was ist unser Preis?“, fragte Silas aufgeregt.
„Äh!“ Damit hatte Otto nicht gerechnet. Er griff in seine Jackentasche und fand eine Tüte Erdnüsse. „Bitte schön!“ Er lachte und alle Jungen stürzten sich darauf.
Die Mädchen gönnten den Jungen den Sieg, nur Katinka grummelte. „Na wartet, beim nächsten Fußballmatch seid ihr fällig!“
„Wir werden im Winter zum Füttern wiederkommen“, kündigte Miss Cornfield an.

Peperoni machte einen Freudensprung, als Otto gerade nicht hinguckte. „Ich liebe warme Kartoffeln!“, flüsterte das Schweinchen.

„Und Schokolade!“, ergänzte Schoki und schob seinem Lieblingsschweinchen nach den Erdnüssen ein Stück Trauben-Nuss-Schokolade ins Maul.

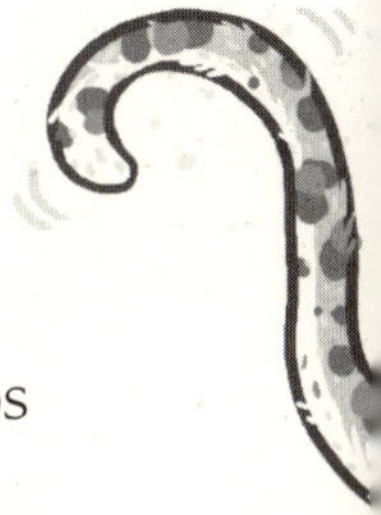

„Vielleicht kommen ein paar Antilopen vorbei!“ Leander leckte sich die Lippen.

„Vergiss es!“ Henry gab seinem Leoparden einen Klaps auf den Po.

Silber sog alles in sich auf. Wie nett die Kinder mit ihren Tieren umgingen! Und jetzt gehörte sie dazu! Sie rieb ihre Schnauze an Elisas Bein. „Mein Waldmädchen“, seufzte sie glücklich. „Ich kann es kaum erwarten, dein Rudel kennenzulernen!“

„Mein Rudel?“ Elisa zog die Augenbraue hoch. „Bei uns heißt das Familie. Freu dich nicht zu früh!“

Sie mussten noch kehren und aufräumen, dann kamen auch schon Willi und Mütze angefahren, um das Gepäck einzuladen.

„Müssen wir die albernen Spielzeugtiere auch mitnehmen?“, knurrte Mütze.
Willi winkte ab. „Die bleiben bei den Kindern. Für sie sind die wie Maskottchen. Ob du es glaubst oder nicht: Wenn sie ihre Tiere bei sich haben, benehmen sie sich viel anständiger!“
Im selben Moment landete eine Bananenschale an seiner Stirn. Tingo hatte sie geworfen.
„Ich war's!“, rief Yannik und rannte schnell davon.
Willi und Mütze tuckerten mit dem Feuerwehrauto los, Miss Cornfield und die Kinder schwangen sich auf ihre Fahrräder. „Vielen Dank für alles!“ Fröhlich winkend verabschiedeten sie sich von Otto und Lotti.
Die Tiere nahmen ihre gewohnten Plätze ein: Manche saßen auf dem Gepäckträger, andere im Körbchen, andere liefen oder flatterten nebenher, aber natürlich erst, als Otto und Lotti nicht mehr zu sehen waren.
Silber joggte neben Elisa.
„Linkserich!“, rief Eugenia an der Unterführung.
„Rechts!“, widersprach Muriel, die Eule.
Sie bogen links ab. Miss Cornfield kannte den Weg.
Oliver radelte neben Elisa. „Was hast du denn am

Wochenende vor? Gehen wir zusammen in den Stadtpark?“

Elisa und Silber nickten. „Aber logo!“

Die Kinder erreichten die Wintersteinschule.

Sie holten ihre Sachen bei Willi Wondraschek und packten sie auf ihre Fahrräder.

Die kurze Strecke nach Hause würden sie schon schaffen.

Miss Cornfield schnallte sich den dicken Rucksack um.

„Bis Montag“, rief sie. „Erholt euch gut und gönnt euch eine heiße Dusche!“

Die Lehrerin winkte Silber zu sich heran. „Deine Aufgabe ist es, Elisa zu helfen, wo immer du kannst.“

Sie tätschelte ihren Rücken. „Hör gut zu und zeige dich von deiner besten Seite. Verstanden?“

Silber nickte mit ernster Miene.

Letztes Kapitel

Na also!

Elisa hatte ein mulmiges Gefühl, als sie mit dem Fahrrad in die Heymannstraße einbog. Silber joggte neben ihr her.

Wer war wohl zu Hause?

Marvin?

Mama?

Oder beide?

„Gleich lernst du mein Rudel kennen“, raunte sie Silber zu. Sie stieg vom Fahrrad, packte ihre Sachen

zusammen und ging zur Tür. Sie drehte den Schlüssel im Schloss.
„Hallo!“, rief sie zaghaft.
„Huhu!“, rief Silber.
Elisa erschrak. Es klang wie echtes Wolfsgeheul!
Als nichts passierte, ließ sie erleichtert die Schultern sinken. „Wir sind allein, du darfst weitersingen!“ Sie stieß die Tür auf.
Die Wölfin sah sich neugierig um.
„Das ist also deine Höhle!“ Sie schnüffelte durch die Räume. „Da muss ich mich erst einmal dran gewöhnen!“
In der Küche lag ein Zettel: „Bin im Krankenhaus, es wird später werden. Mama.“
Elisa riss sämtliche Fenster auf.
„Ah, das tut gut!“ Silber sprang auf Elisas Bett. „Deine Matratze ist weicher als das Feldbett gestern. Wollen wir das Bett mit Moos auspolstern? Wir könnten es sammeln, wenn wir uns mit Olli im Stadtpark treffen. Olli ist nett. Wieso hat er noch kein magisches Tier?“ Ihre Stimme klang nicht mehr so rau wie am ersten Tag.

Sie begannen, Pläne zu schmieden.
„Wir sind hier in der Stadt, aber trotzdem gibt es überall Bäume und Sträucher!“ Elisa kraulte Silbers Kinn. „Die Schulpausen verbringen wir im Schulgarten.“
„Das klingt gut“, schnurrte Silber.
„Wir schmücken unser Zimmer mit Zweigen“, fuhr Elisa fort. „Was hältst du davon? Wir hängen Poster auf von allen Waldtieren, die du magst, und schlafen nachts bei offenem Fenster. Solange es die Temperatur erlaubt!“, schränkte sie ein.
„Kriegst du keinen Winterpelz?“, neckte Silber sie.
„Ich ziehe Schal und Mütze an“, lachte Elisa und knuddelte ihre Gefährtin. Sie freute sich schon sehr darauf, mit Silber die vier Jahreszeiten zu erleben.
Zwischendurch standen sie auf, um Eier mit Speck zu braten. Elisa fütterte Silber mit einer Gabel. „Übrigens: Am Montag kommst du mit in die Schule! Freust du dich schon?“
Silber legte den Kopf schief. „Was muss ich dort machen?“
„Nichts!“, sagte Elisa und schob ihr noch mehr Rührei

in den Mund. „Du musst einfach nur für mich da sein. Wenn mich jemand ärgert, dann knurrst du ein bisschen. Kriegst du das hin?“

„Na klar!“, nickte Silber.

Die Wölfin sah aufmerksam zu, wie Elisa den Teller in die Spülmaschine stellte, dann machten sie es sich in Elisas Zimmer gemütlich. Elisa zog die Bettdecke hoch, Silber legte sich zu ihren Füßen. Es war eine ereignisreiche Woche gewesen. Ein kleines Nickerchen hatten sie sich verdient.

Aus dem Nickerchen wurden viele Stunden.

Mitten in der Nacht stellte Silber die Ohren auf. Was war das für ein Geräusch? Ein Knarzen!

Die Wölfin krabbelte nach oben und fuhr vorsichtig mit der Rückseite der Pfote über Elisas Wange. Sie fühlte sich ganz weich an.

„Wach auf, Elisa!“, flüsterte sie. „Ich spüre Gefahr!“

„Gefahr?“ Elisa war sofort hellwach. Sie setzte sich auf und lauschte. Jemand schlurfte durch die Wohnung.

„Das ist mein Bruder Marvin“, seufzte Elisa. „Er ist

älter als ich und macht jede Menge Stress." Das Glück der vergangenen Stunden war wie weggeblasen.
Silber erinnerte sich an die Worte, die Miss Cornfield ihr mitgegeben hatte: Sie sollte immer für ihre Gefährtin da sein!
Elisa begann zu flüstern. „Seit einiger Zeit verschwindet bei uns Geld. Und ich hab herausgefunden, wer der Dieb ist: Marvin!"
Silber blinzelte empört. „Wer beklaut denn sein eigenes Rudel?"
„Marvin ist unglaublich! Er nimmt das Geld aus Mamas Geldbörse! Ich will aber nicht mit einem Dieb unter einem Dach wohnen! Denn das …", ihre Stimme wurde leiser, „… schnürt mir die Luft ab!"
Silber stupste Elisa an. „Dann sag ihm das!" Sie sprang vom Bett. „Los geht's!"
Silber ging bereits zur Tür. „Wir regeln das zusammen!"
Elisa zögerte nur kurz. Silber hatte recht: Worauf wartete sie noch? Sie würde sowieso nicht mehr einschlafen können.
Sie schlichen in den Flur. Die Küchentür stand eine

Handbreit offen. Und da saß er! Silber begann, leise zu knurren.

Marvin trug einen neuen Kapuzenpulli, hatte die Füße hochgelegt und zählte Geldscheine.

„Versteinern!", flüsterte Elisa. Sie stieß die Tür auf und sie betraten die Küche.

Silber knurrte. Marvin wich erschrocken zurück.

„W-was, w-was soll das?", stotterte er. „Wo-her h-hast du den Hund?" Er starrte Elisa an. „Hast du das Tier aus dem Camp mitgebracht?"

Elisa ging auf Marvin zu. „Das ist ein Stofftier! Sieht man doch!" Sie zwinkerte Silber zu. „Was machst du da, Marvin? Beklaust du wieder Mama? Leg sofort das Geld zurück!" Ihre Stimme zitterte leicht.

„Weiter!", flüsterte Silber. „Du machst das super! Atmen nicht vergessen!"

Elisa holte tief Luft. „Und nur dass du es weißt: Gleich wecke ich Mama und erzähl ihr alles."

Marvin stand auf. Er ging in der Küche auf und ab.

„Sie ist im Krankenhaus, Schwesterchen. Notfall!"

Elisa zog einen Stuhl heran. „Dann warten wir eben!"

Sie packte Silber und setzte sie auf ihren Schoß.

Marvin drehte sich um.
Er schluckte. „Dieses Stofftier ist irgendwie seltsam. Hat der Hund gerade geblinzelt?“
„Quatsch! Das hast du dir eingebildet“, antwortete Elisa seelenruhig. „Marvin, wollen wir nicht mal reden?“ Sie blickte zu ihrem Bruder. Er setzte sich stumm.
„Ich … ich bin echt traurig, dass du Mama beklaust. Warum machst du das? Sind dir deine tollen neuen Freunde wichtiger als wir?“ Plötzlich stiegen Tränen in Elisa hoch. „Nur nicht weinen“, murmelte sie.
Silber schleckte ihr unterm Tisch sanft über die Hand. Marvin linste vorsichtig zu dem Tier auf dem Schoß seiner Schwester. Hatte sich sein Schwanz gerade bewegt?
„Sie sind halt cool“, erklärte er und blickte auf seine Finger, die er unruhig knetete. „Bei ihnen zu Hause können wir alle Computerspiele ausprobieren, die es gibt, und so viel Pizza bestellen, wie wir möchten. Bei uns …“, er sah sich um, „… gibt es nur einen uralten Fernseher und Rühreier!“
„Die Eier sind alle!“, stellte Elisa klar. Sie blinzelte

die Tränen weg, die plötzlich aus ihren Augen schossen. „Die habe ich aufgefuttert. Pech gehabt! Alles, was du da erzählst, hört sich so blöd an! Pizza? Computerspiele? Ist dir das echt wichtiger als wir?"

Marvin zuckte mit den Schultern.

„Sehr gut, Waldmädchen", flüsterte Silber.

Elisa fuhr durch Silbers Fell – das gab ihr Kraft.

„Mama kümmert sich toll um uns", rief Elisa. „Und sie kümmert sich um die kranken Leute im Krankenhaus. Was machen denn die Eltern deiner Freunde? Leisten die auch so gute Arbeit?"

„Das weiß ich nicht. Jedenfalls haben sie schicke Limousinen in der Garage stehen und keine uralten Fahrräder." Er klang schon etwas kleinlauter.

„Du musst deins mal wieder ölen und aufpumpen", rief Elisa. „Meines fährt super! Ich bin ganz locker damit ins Camp gekommen. Hin und zurück."

Marvin hob abwehrend die Hände. „Ja, ja, bei deiner Langweiler-Klasse kann man sich mit so einem alten Drahtesel ja auch nicht blamieren. Die sind ja selbst alle so peinlich." Seine Stimme nahm einen verächtlichen Unterton an. „Dieser Streber im

Sakko! Dieser Schwächling, der dauernd über seine Füße stolpert! Und dann die Rothaarige mit ihren Ringelstrumpfhosen, also echt!" Wie fies das klang! Elisa schluckte und Silber begann, leise zu knurren.

„Bin ich für dich etwa eine Langweilerin?", stieß Elisa wütend hervor. „Wir haben im Camp eine Futterkrippe gebaut! Wir haben eine Nachtwanderung gemacht und ich bin auf einen riesengroßen Baum geklettert! – Wie früher!", setzte sie leise hinzu. Und dann wieder lauter: „Es kann sein, dass du es cooler findest, Mama zu beklauen. Aber dann bin ich lieber uncool als ein Dieb!"

Marvin zog die Kapuze vom Kopf und schwieg eine Weile. „Stimmt, wie früher, als wir noch mit Papa in den Wald gegangen sind." Er fuhr sich durchs Haar. „Du bist keine Langweilerin", gestand er nach einer Weile. Er linste unter den Tisch, wo noch immer dieses seltsame Tier auf Elisas Schoß lag.

„Erzähl ihm das von den Junior-Rangern!", flüsterte Silber. „Und … hier ist es ganz schön stickig!"

Elisa stand auf, um das Fenster zu öffnen. Silber setzte sie vorsichtig auf den Boden.

„Im Camp suchen sie übrigens Leute!", berichtete Elisa. „Du könntest dort arbeiten! Als Junior-Ranger!"
Marvin verzog das Gesicht. „Wie soll ich denn dorthin kommen?"
Elisa konnte sehen, wie es in ihm arbeitete. Tief im Herzen, das wusste sie, mochte er den Wald genauso gern wie sie. Jetzt hieß es dranbleiben!
„Lotti, die Köchin, könnte dich mitnehmen. Sie fährt ständig zum Einkaufen!" Sie blickte Marvin fest in die Augen. „Außerdem: Radeln ist gut für die Fitness. Dann brauchst du das geklaute Geld nicht fürs Fitnessstudio auszugeben!"
Marvin hüstelte.
„Dieser Punkt geht an dich, Waldmädchen!", lobte Silber. Elisa beschrieb Marvin die Blockhütten, den Aufenthaltsraum, erzählte von der Feuerstelle und dem Froschteich. Sie hörte nicht, dass sich der Schlüssel in der Tür drehte.
Es war ihre Mutter, die vom Krankenhaus nach Hause kam.
Sie trat in die Küche. „Was macht ihr denn hier?", fragte sie entgeistert. „Wieso ist das Fenster auf?"

Sie ging zu Elisa und umarmte sie. „Schön, dass du wieder da bist! Ich hab dich vermisst!"
Das Kuscheltier bemerkte sie nicht.
Aber sie bemerkte die Geldscheine, die auf dem Tisch lagen.
Sie sah Elisa an – sie hielt ihrem Blick stand.
Sie sah Marvin an – er senkte den Kopf.
Auf einmal war sonnenklar, wer der Dieb war.
„Marvin!" Entsetzt starrte Frau Bergeramo auf ihren Sohn.
Da begann Marvin zu weinen. „Es tut mir so leid, Mama!", schluchzte er. „Ich mache es wieder gut, versprochen!"
Ihre Mutter setzte sich an den Tisch und hörte sich alles an, was Marvin zu sagen hatte. Sie redeten und redeten und weil Elisa das meiste schon kannte, fielen ihr langsam die Augen zu.
„Ab ins Bett!", flüsterte Silber und schlich zur Tür. „Die beiden kommen ohne uns klar!"
Sie verdrückten sich ins Kinderzimmer.
„Gute Nacht, Elisa!", rief ihre Mama hinterher. „Ich hab dich lieb!"

„Hab dich auch lieb“, antwortete Elisa.
„Nettes Rudel“, fand Silber und kuschelte sich zu Elisa ins Bett.
In dieser Nacht schlief Elisa so gut wie schon lange nicht mehr. Und sie wachte kein einziges Mal auf.

Am nächsten Morgen klopfte Marvin vorsichtig an Elisas Zimmertür.
Elisa setzte sich überrascht auf. „Herein!“
Marvin kam mit gesenktem Kopf ins Zimmer. Silber verhielt sich mucksmäuschenstill.
„Ich will mich bei dir entschuldigen“, sagte Marvin.
Elisa blinzelte verschlafen.
„Ich glaube, ich mach das mit dem Job als Ranger. Könntest du mich beim ersten Mal begleiten? Du kennst die doch alle!“
„Vielleicht“, sagte Elisa leise. „Hast du dich bei Mama auch schon entschuldigt?“
Marvin nickte. „Ich habe Mist gebaut. Gestern haben Mama und ich lange geredet. Es tut ihr ja auch leid, dass wir uns nicht so viele Sachen leisten können.

Aber du hast recht, darauf kommt es nicht an. Wenn meine Freunde das nicht akzeptieren, dann will ich sie nicht mehr treffen!"
„Wow!", hauchte Elisa. „Das ist toll, Marvin." Marvin machte einen Schritt auf Elisas Bett zu und Silber knurrte automatisch.
„Oh!" Marvin stoppte. Elisa blickte leicht erschrocken.
„Hast du so einen Hunger?", fragte Marvin.
Elisa nickte zögernd. „Öhm, ja, genau! Mein Magen!" Sie rieb sich über den Bauch.
„Pass auf! Du bleibst liegen und ich bringe dir Frühstück ans Bett. Als Wiedergutmachung."
„Okay …"
Marvin verschwand in der Küche.
Als er zurückkam, hatte er nicht nur Toast, Erdbeeren und Saft dabei, sondern auch ein Fotoalbum aus früheren Zeiten. Sie blätterten es zusammen durch.

„Schau mal, da hast du dir die Hose am Po aufgerissen!", kicherte Elisa und zeigte auf ein Foto, das sie beim Waldspaziergang zeigte.
„Du musstest den Riss die ganze Zeit zuhalten!"

Sie prusteten los.
„Hier!“ Marvin tippte auf ein anderes Foto. „Dir ist schlecht geworden, weil du erst tausend Heidelbeeren verdrückt und danach fünf Gläser Limonade getrunken hast. Später haben wir den kleinen Hasen gesehen!“ Sie schwelgten in Erinnerungen.
Als Paola Bergeramo aufwachte, wunderte sie sich, weil es so still in der Wohnung war. Aber es war keine bedrückende, sondern eine friedliche Stille.
Neugierig öffnete sie die Tür zu Elisas Zimmer.
„Hallo, ihr beiden!“ Sie lächelte. „Alles klar bei euch?“
„Alles klar!“, strahlte Elisa.
Marvin sprang aus dem Bett. „Ich mache dir auch Toast, Mama!“
Als ihre Mama und Marvin weg waren, strich Elisa mit den nackten Füßen über die Beule an ihrem Bettende.
Silber antwortete mit einem freundlichen Knurren.
„Guten Morgen, Silber!“
„Guten Morgen, Waldmädchen!“
Elisa sprang auf und öffnete das Fenster. Sie sog die frische Luft ein.
Endlich gehörte sie zu den Glücklichen, die ein

magisches Tier an ihrer Seite hatten! Sie besaß ein Tier, mit dem man Spaß haben und Abenteuer erleben konnte. Ein Tier, das immer für einen da war.

Vier Kinder aus der Klasse mussten sich noch gedulden, es waren Sibel, Leonie, Matteo und Oliver.

Wer kam wohl als Nächstes dran?

Mortimer Morrison saß mit einer Tasse Tee in der Küche und blätterte in der Zeitung. „Feuerwehrmann kam zu spät zum Einsatz“, las er laut vor. „Weil er den Weg nicht fand! Na, so ein Schussel!“

Pinkie blickte ihm neugierig über die Schulter. „Den Schussel kenn ich!“

Wie immer war es in der magischen Zoohandlung sehr gemütlich. Die Wattwürmer hielten ein Nachmittagsschläfchen in ihrer Plastikbox, Ashanti, die Schlange, döste auf dem Sofa. Die Erdmännchen tobten mit dem Koboldmaki und den anderen Tieren durchs Haus. Agent Y krabbelte über den Tisch.

Murphy knetete Hefeteig. Später sollte es Pizza geben!

Mortimer legte die Zeitung zur Seite. Er linste zum Herd. „Murphy, brauchst du Hilfe? Soll ich Käse reiben?“

„Später“, brummte Murphy und stellte den Teig auf die Heizung.

„Na dann!“ Der Inhaber der magischen Zoohandlung holte eine Landkarte aus dem Schrank und breitete sie auf dem Boden aus.

Das war eine seiner Lieblingsbeschäftigungen: zusammen mit Pinkie die nächste Reise zu planen. „Was hältst du von Griechenland?“ Mortimer Morrison fuhr mit dem Zeigefinger übers Mittelmeer. „Fähre oder Landweg?“

Pinkie stakste einmal quer über die Landkarte und stellte

sich neben ihren Boss. „Auf Fähren wird mir immer schlecht!“ Sie würgte ein bisschen und Mortimer tätschelte beruhigend ihr Bäuchlein. „Sag bloß, du hast keinen Appetit auf Pizza?“

„Doch, doch!“, sagte Pinkie schnell.

Die Elster packte die Landkarte mit dem Schnabel. „Was ist hintendrauf?“ Sie drehte die Karte so schwungvoll um, dass sie fast über die Teppichkante stolperte.

„Ah, die Türkei! Und gleich daneben: Nordmazedonien, Bulgarien … oder wollen wir mal wieder in die Berge?“

Die Elster legte den Kopf schief und begann zu singen:

„Das Waandern ist des Müüllers Lust!“

Mortimer fiel mit ein: *„Das Waaa-haaan-dern!“*

„Ach, Mortimer!“, seufzte Pinkie, als die Strophe zu Ende war. „Mit dir ist es überall schön!“

Mortimer lächelte. „Das sehe ich genauso, Pinkie!“

Der Inhaber der magischen Zoohandlung stand auf, um den Tisch zu decken.

Murphy war inzwischen dabei, den Teig auszurollen.

„Was wollt ihr draufhaben?“, rief er nach hinten.

„Ich hätte gerne Tomaten, Fisch und Käse!“, zwitscherte Pinkie.

„Für uns Pizza mit Ananas!“, johlten die zwölf Erdmännchen.

„Viele Sssssardellen!“, zischte Ashanti. „Und Sssssalami!“
„Meine Pizza bitte mit Sauerrahm, klein gehackten Erdnüssen, Lauchzwiebeln, Birne, ein wenig Ziegenkäse, aber nicht zu sehr geschmolzen. Dazu hätte ich gern ein Schälchen Olivenöl mit Meersalz zum Eintunken!“
Wem gehörte diese unbekannte Piepsstimme?
Dem Koboldmaki!
Alle starrten ihn verblüfft an.
Der Maki schnappte sich zwei Kissen und stapelte sie auf einem Stuhl. Dann nahm er eine Stoffserviette, band sie sich um den Hals und kletterte auf seinen Thron.
„Was denn?“ Das Äffchen grinste fröhlich in die Runde. „Ich bin eben ein Feinschmecker!“

Nachricht auf dem Anrufbeantworter von Mary Cornfield
Anrufer: Mortimer Morrison

„Mary, du wirst es nicht glauben: Der Maki spricht! Er ist ein echter Schnösel, so einer, der am liebsten mit Stoffserviette speist. Zu Elisa hätte er nie im Leben gepasst! Wie hat sich Silber in der Klasse eingelebt? Kommt sie mit den anderen Tieren klar? Zur Not gucke ich mal wieder in der Wintersteinschule vorbei. Es ist mir immer ein Vergnügen! Tschüssikowski! Pinkie, lass mir noch ein Stück Pizza übrig!“

Wer wird wohl der Nächste sein?
Vier Kinder warten gespannt auf ihr magisches Tier.
Doch Mr. Morrison hat erst einmal andere Pläne …
Er muss eine ganz besondere Reise antreten
und niemand weiß, ob danach noch alles
so sein wird wie zuvor.

Lies auch das zwölfte Abenteuer
aus der Schule der magischen Tiere!

In der Schule der magischen Tiere ist wirklich immer was los!
Aber was passiert, wenn die Türen der
Wintersteinschule geschlossen sind?
Was passiert, wenn es für Miss Cornfields Schüler heißt:
Endlich Ferien!
Ida und Rabbat klären einen Hoteldiebstahl auf,
Silas und Rick kämpfen um den Waldmeisterpokal.
Henry und Leander jagen ein Schlossgespenst,
Helene und Karajan fliegen nach Paris.
Benni und Henrietta geben ordentlich Gummi
in einer Motorradgang –
und Hatice und Mette-Maja?
Die fahren ans Meer nach Dänemark.
Dort finden sie eine alte Schatzkarte …

Lies auch das sechste Ferienabenteuer!

Hatice und Mette-Maja

Leseprobe aus

Die Schule der magischen Tiere – Endlich Ferien

Hatice und Mette-Maja

Hatice drehte sich um die eigene Achse – und konnte nicht glauben, was sie in den Fluten sah.
Da waren viele schwarze Punkte. Ein Robbenschwarm!
Hatice riss die Augen auf.
War das Mette-Maja mit ihren Artgenossen?
Hatices Hände zitterten. Mette-Maja hatte Freunde gefunden!
Kam die magische Robbe vorbei, um „Farvel" zu sagen?
Auf Wiedersehen? Auf einmal hatte Hatice schreckliches Bauchweh.
Die schwarzen Punkte wurden größer. Hatice hielt die Luft an.
Ganz vorne, als Anführerin, schwamm Mette-Maja.
Sie winkte mit der Flosse. „Huhu, kleine Krabbe! Ich komme dich abholen!"
Über Hatices Gesicht ging die Sonne auf.

„Abholen!“, hatte Mette-Maja gesagt. Nicht: „Auf Wiedersehen!“

Der Strand war fast leer. Hatice schlang das Handtuch um ihren Körper und schlüpfte so schnell wie möglich in ihren Badeanzug.

Für Mette-Maja hätte sie sogar riskiert, dass jemand kurz ihren Po sah. Sie zog die Taucherbrille übers Gesicht und stürmte ins Meer. Es war ihr egal, wie kalt es war! Es war ihr egal, dass es spritzte und schäumte! Vor ihr planschte Mette-Maja, ihre allerliebste Freundin!

Die anderen Robben stoppten in etwa 100 Metern Entfernung, aber Mette-Maja schwamm näher heran. Sie strahlte übers ganze Gesicht. „Überraschung, kleine Krabbe!“, rief sie. „Ich musste die anderen erst überzeugen, dass sie dir trauen können! Komm zu mir!“

Sie schwamm Hatice entgegen und auch Hatice rannte immer weiter. Die Wellen schwappten gegen ihren Bauch. Brr!

„Keine Sorge, Hatice. Ich bin bei dir!“ Mette-Maja war so dicht neben ihr, dass Hatice ihr die Arme um den Hals schlingen konnte.

Und dann schwammen sie zusammen ins glitzernde Meer hinaus. Für Hatice war es das erste Mal in ihrem Leben!

„Schön ist das, wunderwunderschön!“, jauchzte Mette-Maja. Mit Hatice auf dem Rücken paddelte sie durch die funkelnden Wellen. „Bereit zum Untertauchen, kleine Krabbe?“

„Nein!“ Hatice schüttelte den Kopf.

Mette-Maja wartete geduldig. Sie schwammen einen weiten Bogen und schaukelten auf den Wellen. Hatice zappelte mit den Füßen, ihr Atem floss jetzt langsam und gleichmäßig. Das Salzwasser spritzte gegen Hatices Wangen und je weiter sie sich vom Ufer entfernten, umso höher wurden die Wellen. Aber zusammen mit Mette-Maja war das gar nicht schlimm! In gleichmäßigem Rhythmus schaukelten sie rauf und runter, es war fast, als tanzten sie im Wasser!
Das alles war schon schön genug, aber es kam noch toller: Plötzlich waren acht Robben neben ihnen.
Ihre Köpfe ragten neugierig aus dem Wasser. Wahrscheinlich konnten auch sie nicht glauben, was sie sahen: Ein Menschenmädchen schwamm mit einer Robbe!

Viel Spaß mit dem sechsten Ferien-Abenteuer:

Die Schule der magischen Tiere –
Endlich Ferien!
Hatice und Mette-Maja

© Richard Auer

Margit Auer

Als Kind wollte Margit Auer Postbotin werden und mit einem gelben Fahrrad Briefe verteilen – aber dann kam alles ganz anders. Sie wurde Journalistin und schrieb viele Artikel für Zeitungen. Als ihre drei Söhne zur Welt kamen, las sie jede Menge Kinderbücher und beschloss, selbst welche zu schreiben. Trotzdem findet sie es immer noch toll, wenn jemand Post verteilt. In ihrer Bestseller-Reihe „Die Schule der magischen Tiere" macht das Mr. Morrison. Welches Tier würde sie selbst sich wünschen? Einen Esel!

© privat

Nina Dulleck

Die Illustratorin Nina Dulleck zeichnet und malt, seit sie Stift und Pinsel halten kann. Sie lebt mit ihrer Familie am Rhein inmitten von Weinbergen und Kirschbaumplantagen. Dort illustriert sie viele, viele Kinderbücher und lässt sich dabei von dem Rotkehlchen in ihrem Garten schöne Lieder vorsingen. Fast könnte man meinen, es wäre magisch.

WER SIND DEINE

MAGISCHEN FREUNDE?

Margit Auer
DIE SCHULE DER MAGISCHEN TIERE: MEINE FREUNDE (FREUNDEBUCH)
Mit Bildern von Nina Dulleck
Hardcover
128 Seiten
ISBN 978-3-551-65033-7

IN DER SCHULE DER MAGISCHEN TIERE FINDET JEDES KIND einen besten Freund! Wer sind deine Freunde? Hier erfährst du alles, was du schon immer über sie wissen wolltest! Welches magische Tier sie gern hätten, welche Filme sie mögen und was sie später mal werden wollen ... Auch Ida und Rabbat, Benni und Henrietta, Jo, Helene und ihre magischen Tiere haben schon eingetragen! Viele magische Nachrichten warten auf dich!

Die Abenteuer der „Schule der magischen Tiere“
gibt es überall im Buchhandel sowie auf carlsen.de

Hol dir jetzt den Newsletter!

www.carlsen.de/newsletter-magischetiere

Kennst du schon unsere Internetseite rund um die Schule der magischen Tiere?
carlsen.de/kinderbuecher/schuledermagischentiere

Willst du dein eigenes magisches Tier zeichnen?
Nina Dulleck zeigt dir in ihrem Youtube-Kanal, wie es geht!

PRODUZIERT MIT VERANTWORTUNG

MIX
Papier | Fördert gute Waldnutzung
FSC® C014496
FSC www.fsc.org

Völckersstraße 14–20, 22765 Hamburg
Umschlag und Innenillustrationen: Nina Dulleck
Umschlaggrafik: Sabine Reddig
Redaktion & Konzeption: Claudia Scharf
Lektorat: Caroline Fuchs
Herstellung: Constanze Hinz
Lithografie: Margit Dittes Media, Hamburg
Satz: Dörlemann Satz, Lemförde
978-3-551-65361-1

Mit Fragen zur Produktsicherheit wenden Sie sich bitte an:
carlsen.de/kontakt